그려지는 대로,
칠해지는 대로

그려지는대로, 칠해지는 대로

초판인쇄　　2021년 12월 20일
초판발행　　2021년 12월 24일

지은이　　널리유
발행인　　조현수
펴낸곳　　도서출판 더로드
기획　　조용재
마케팅　　최관호
편집　　권 표
디자인　　토 닥

주소　　경기도 고양시 일산동구 백석2동 1301-2
　　　　　　넥스빌오피스텔 704호
전화　　031-925-5366~7
팩스　　031-925-5368
이메일　　provence70@naver.com
등록번호　　제2015-000135호
등록　　2015년 06월 18일
ISBN　　979-11-6338-201-0 03810

정가 15,800원

그려지는 대로,
칠해지는 대로

널리유 지음

도서출판 **더 로드**
The Road Books

지난 2월, 우연한 기회에 매일 10분 글쓰기가 시작되었다. 매일 밤 12시 전에 글 쓴 흔적을 인증해야 하는데, 일기도 꾸준하게 써본 적이 없는 내가 매일 글을 쓰는 것이, 그것도 10분씩이나 쓰게 되는 미션은 쉽지 않은 도전이었다. 순간, 나의 내면에 가라앉아있던 두려움이 수면위로 떠올랐다. 내가 할 수 있을까?

하지만 이런 의문은 넣어두기로 했다. 어떤 일을 해보기도 전에 그 일을 치르는 과정과 내가 원하는 대로 결과가 나올지에 대한 두려움들, 스스로에 대한 의문으로 내 발목을 내가 묶어두었던 지난 날들처럼 똑같아지고 싶지 않아서였다. 변화되고 싶었고, 성장하고 싶었다. 성장에 대한 욕구는 어느 때보다도 크게 꿈틀거리며 숨을 쉬고 있었다.

글쓰기를 제대로 배워 본 적이 없어서 처음에는 막막했다. 글을 쓴다는 것은 어떠한 규칙이 있을 것이고, 주제를 풀어가는 과정이 있을진대 그에 대해 아는 게 없으니 막막했다. 첫날에는 그저 컴퓨터 모니터만 한없이 바라보고 있었다. 키보드 위의 손이 한참을 제 길을 찾지 못하고 헤맸다. 그러다 글을 쓰는 방식과 규칙보다 먼저 내 생각을 쏟아내기로 마음먹었다. 나만이 쓸 수 있는 내 글은 그 자체로 이미 반짝이고 충분하리라 생각되었다. 그 순간 떠오른 주제는 '감사'였다. 내가 좋아하는 단어이자, 삶 중심에 있는 주제이기에 '감사'로 시작하는 글을 떠올린 스스로에 기특했고, 그 또한 감사했다. 우연한 기회에 글을 쓸 수 있게 되어 감사했고, 혼자 힘으로 걸어와 의자에 앉을 수 있는 건강함이 감사했고, 키보드로 타이핑을 할 수 있는 튼튼한 손과 인터넷이 연결된 컴퓨터를 소유하고 있어서, 그리고 글을 쓰며 음악을 들을 수 있는 건강한 귀가 있어 감사했다. 언제든 따뜻하게 이용할 수 있는 집안에 실내 화장실이 있어 감사했고, 틀기만 하면 따뜻한 물이 콸콸 나오는 집이 있어 감사했다. 하루를 돌이켜보며, 내 주변을 돌아보니 매 순간이 감사였다.

'감사'라는 주제로 글을 쓰기 시작해서였을까. 어느 시점까지는 애쓰지 않아도, 쓰고 싶은 주제들이 머릿속에 자연스레 떠올랐다. 감사, 시간, 사랑 등등. 세상 밖으로 나오고 싶어 했던 내 생각들이 참으로 많았다. 생각이 많은 게 단점으로만 느껴졌는데, 처음으로 장점으로 다가왔다. 10분이나 글을 어떻게 쓰지? 라는 처음의 걱정이 무색하게 10분, 20분 그 이상으로 글을 쓰면서 나는 즐기고 있었다. 글을 쓰는 내내 집중하면서 생각들을 쏟아내는 내가 신기했고, 기특했고, 그 모습을 보는 게 재미있었다. 물론 주제가 마땅찮은 날도 있었다. 도저히 쓸 소재가 없어서 '무제'라는 주제로 쓸 때도 있었는데, 돌이켜보면 그런 날은 무던하게, 별일 없이 지나간 무취무색의 하루였던 것 같다. 그 또한 어쩜 감사이다.

하루를 마감하며 글을 쓰는 습관을 들이자 신기한 일이 생겼다. 하루하루가 더욱 재밌어졌다. 만나는 사람들, 그 안에서 주고받는 대화들, 읽고 있는 책들, 듣고 보게 되는 것들 어느 것 하나도 허투루 넘길 게 없었다. 하나하나가 다 글쓰기의 좋은 소재가 되었다. 있었던 일들, 보고 들은 이야기를 떠올리며 글을 쓰니 한 번 더 생각하게 되고 스스로 돌아보게 되고. 그 자체로 내게 좋은 성장이 되었다. 있었던 일들에 대해 나의 생각들을 더해서 기록으로 남기니 예전 같으면 무심히 지나쳤을 일들이 모두 소중하고 삶의 원동력이 되었다. 그렇게 나의 매일매일은 더욱 반짝반짝 빛났다.

매일매일 글을 쓰는 것 자체가 쉽지는 않았다. 그 날의 주제를 찾고, 내용을 통일시켜서 맥락을 이어가고, 짧은 시간 동안 결론까지 내야 하는 과정이 쉽진 않았다. 하지만 쉽지 않기 때문에 해냈을 때의 뿌듯함은 말로 표현할 수가 없었다. 매일 해내기로 다짐했던 나 스스로와의 약속을 지켜내니 내가 나를 더욱 좋아하게 되었고, 자기효능감도 올라갔다. '거봐, 하기로 마음 먹으니 이렇게 또 해내잖아.' 내가 스스로에게 준 목표를 달성하기 위해 노력하는 나 자신이 믿음직스러워졌다. 그 안에서 내가 어려워하는 부분과 재미있어하는 부분, 잘하는 부분이 더욱 명확하게 구별되었다. 매일 글쓰기는 나의 공부가 시작되는 첫걸음이었다.

글을 쓰는 것은, 내가 내 공부를 할 수 있는 과정이다. 나에 대한 메타인지가 높아지고, 잘하는 것과 못하는 것을 더욱 선명하게 구별할 수 있게 된다. 그리고 가장 중요한 것은, 그 과정에서 내가 나를 더욱 사랑하게 된다는 것이다. 스스로에게 질문을 하고 외부가 아닌 내 안에서 답을 찾아야 하니 내면의 깊은 곳에 있는, 누구에게도 쉽게 말하지 못했던 이야기들이 얼굴을 삐쭉 내밀게 되고, 그 이야기들을 글로 쓰게 되면 기쁨뿐 아니라 꾹꾹 눌러놨던 애써 외면해왔던 슬픔과 분노도 함께 떠오른다. 내가 느끼는 감정들의 색깔들은 그렇게 더욱 진해졌다. 기쁜 일은 더욱 가슴 떨리게 설레게 되고, 분노가 생겼던 일은 스스로를 다시 한 번 돌아보며 마음을 가라앉혔다. '자기용서'라는 주제로 글을 쓸 때는 글을 쓰는 내내 펑펑울었다. 내가 나를 용서했다고 생각했던 일들을 글로 다시 만나니여전히 스스로 미워하는 내가 보였고, 글을 마무리하면서는 내가나를 안아주게 되었다. 글이 가지고 있는 치유의 힘이다.

꾸준하게 글 쓰는 나를 지켜보며 따뜻하게 응원해주시는 분들이 계셨기에 이 모든 일들이 가능했다. 모든 순간이 감사였고, 감사하다. 내가 받은 감사가 이 책을 통해 따뜻하고 넓게 퍼져가길 바란다. 그렇게 매일 글쓰기를 통해 나를 사랑하는 법을 배우고, 사랑하게 되었다. 글을 쓰며 어린 나를 만나서 안아주고 격려해주었다. 이 책에는 그 과정이 녹아 있다. 그 과정을 엿보며, 함께 공감하며 스스로 안아주고 사랑해주는 독자 여러분들이 되길 바란다.

2021년 10월

널리유(널리 이롭고 유연한)

1장 · 감사로 시작하는 문 16

4장 성장의 문 **186**

세상에는 수많은 문들이 있습니다.

내가 열 수 있는 문, 열지 못하는 문, 너무나도 손쉽게 열리는 것들도 있고, 아무리 노력해도 뜻대로 열리지 않는 문도 있습니다.

어쩜, 열 수 있음에도 문 앞에 서서 포기해버릴 때도 있습니다. 그리고 정말 나에게는 해당 되지 않는데 욕심과 욕망에 사로잡혀 헛된 노력을 하게 되는 문 앞에 서 있는 경우도 있습니다.

문의 종류는 참으로 다양합니다. 긍정의 문, 부정의 문, 평안의 문, 분노의 문, 도전의 문, 포기의 문, 희망의 문, 자책의 문, 과거의 문, 미래의 문 등 셀 수도 없습니다. 다양한 문들 앞에서 고민에 빠져 있다면 그래도 희망적입니다. 가장 애석한 것은 단 한 개의 문만 열어본 사람입니다. 여기서는 긍정의 문도 예외는 아닙니다.

아무리 좋은 것일지라도 단지 그것으로만 채워져 있다면, 무인도에 갇힌 것과 같다고 생각합니다.

한 그루의 나무가 자랄 때 햇빛뿐 아니라 비바람도 반드시 필요한 양분입니다. 때로는 강한 태풍을 만나고, 햇빛 쨍쨍한 무더운 여름도 만납니다. 양분이 다 빠져 바사삭 떨어지는 때를 지나, 눈바람에 추워 움츠리고 기다리다 보면, 동쪽에서 훈풍이 불어옵니다. 그럼 언제 추웠냐는 듯이 봄바람에 움츠렸던 나뭇잎이 깨어나 춤을 춥니다.

우리네 삶도 이렇게 다양하게 채워질 때 더욱 풍성하고 행복하리라 생각합니다. 다양한 문을 맞이하고 열고 닫을 때 깊이는 더욱 깊어지고, 나와 어울리는 색과 어울리지 않는 색을 구별할 수 있게되고, 자꾸 열어보고 싶은 문과 다시는 열지 말아야 할 문을 구별할줄도 알게 됩니다.

이 책에는 우리가 삶의 곳곳에서 만나게 되는 선택의 문에 관한이야기가 있습니다. 매 순간이 선택입니다. 어떤 문고리를 잡느냐에 따라 행복과 불행, 감사와 불평으로 갈리게 됩니다.

오늘 당신은 어떤 문을 열고 닫으셨나요.

1장

감사로 시작하는 문

1__ 감사의 문을 벌컥 열기

오늘 하루 중 가장 감사한 일이 무엇이었을까, 골똘히 생각해 봅니다. 그래서 지금부터 역순으로 시간을 거슬러 올라가 봅니다.

조금 전에는 수도꼭지를 틀기만 하면 나오는 따뜻한 물로 몸을 씻고, 양치질을 하고, 그 전에는 맛있는 저녁을 먹었습니다. 제가 제일 좋아하는 간장계란비빔밥에 배추김치의 조합은 정말 최고입니다. 저녁을 먹기 전에는 무사히 집으로 돌아왔고, 몇 시간 동안 확인하지 못한 메시지들을 확인하고, 게다가 집으로 돌아오는 지하철 안에서는 편히 앉아서 올 수도 있었습니다. 그리고 또…

새벽 3시 30분에 일어나서 깜깜한 새벽을 볼 수 있었습니다. 건강한 두 발이 있어 혼자 힘으로 일어날 수 있었고, 뚜벅뚜벅 주방으로 걸어가 두 손으로 물을 따라낼 수 있었습니다. 벌컥벌컥 물도 마셨어요. 실내에 있어서 따뜻한 화장실도 이용했고, 그리고 책상에 앉아 책을 읽어 내려갔습니다. 오늘 읽으면서 인상 깊었던 부분은 따로 발췌해서 독서 모임의 카페에 인증글도 남깁니다. 집 안에 인터넷이 되기 때문에 가능한 것이죠. 감사한 일입니다.

인증글을 마무리할 때가 되니 밖이 밝아지는 것이 보입니다. 이 또한 건강한 눈이 있기 때문에 가능합니다. 세상이 어느 정도 밝아졌을 때 밖으로 운동하러 나갑니다. 걷고 뛰어요. 집 주변에 공원과 트랙이 있기에 가능합니다. 작년 2월부터 시작한 공복 아침 운동 습관이 자리 잡은 지 벌써 1년이 넘었습니다. 건강한 두 발이 있기에 혼자 걸을 수 있는 것이고, 뛸 수 있는 무릎과 체력이 되기에 뜀도 가능합니다. 감사한 일입니다.

마스크를 잠시 내리고 찬 아침 공기를 들이마십니다. 아직은 코끝으로 차가운 바람과 함께 겨울 냄새가 묻어납니다. 냄새를 맡을 수 있는 건강한 코가 있기에 분간이 가능한 일이에요. 역시 감사입니다.

작년에 운동할 때는 애정하는 유튜버 '우기부기TV'를 계속 들었습니다. 듣고 또 들었어요. 저랑 결이 닮아 있어서 듣는 게 좋았습니다. 그리고 얼마 전까지는 '체인지 그라운드'를 듣다가 며칠 전부터는 '삼프로TV' 라이브로 아침 경제 뉴스를 챙겨 들어요. 들을 수있는 건 건강한 귀 덕분입니다. 혼자 운동할 때면 지겨울 수도 있는데 좋은 영상 들으며 동기부여받고, 책 소개 받고, 경제 공부도 가능하게 해주는 유익한 채널들과 건강한 청력이 있기에 신나게 운동할 수 있어요. 감사한 일입니다.

감사한 일이 참 많습니다. 단지, 하루만 돌아봐도 말이에요.
이 모든 것이 '감사'입니다.

그리고 이 순간, 하루를 마치고 따스한 불빛 아래에서 좋아하는음악을 들으며, 글을 쓰는 이 시간이 감사합니다. 처음에는 '10분동안이나 어떻게 글을 쓰지?'라고 걱정했는데, 글을 쓰는 어제도 오늘도, '10분이 또 이렇게 빨리 지났어?'라고 느껴졌습니다. 이렇게재미있는 매일 10분 글쓰기가 나도 가능하다는 것을 알게 해주신박코치님께 감사합니다.

오늘, '감사의 문'을 벌컥 열어보세요.

2021.02.02. 화 pm7:45~8:20 글을 쓰다.

2__ 매일 입금되는 1,440분

매일 아침, 내 통장에 1,440달러가 입금된다면 어떨까?

잠시 눈을 감고 생생하게 상상해 봅니다. 와, 가늠이 안 됩니다. 매일매일 쌓이면 한 달에 4천만 원이 넘는 금액이 됩니다. 매달 월급을 받는 근로자로서는 상상만 해도 행복한 일입니다. 매일 통장에 1,440달러가 입금된다니. 편안한 마음으로 아침잠을 더 청하게 될지, 제대로 입금이 되었는지 확인하기 위해 부리나케 일어나 금액을 확인할지 모르겠습니다. 겪어보지 않았으니 말이죠.

누군가는 이미 아침마다 이 금액 또는 그 이상을 만나고 있고, 누군가는 그렇지 못할 수도 있습니다. 참 다행스러운 건, 이 두 사람 모두가 아침마다 같은 걸 맞이하는 게 있다는 사실이에요. 바로, 하루 24시간. 하루 1,440분이라는 선물을 받는다는 것입니다.

『파이프라인 우화』에서 읽은 내용인데, 오늘 읽은 책과도 관련이 있어 내게 주어진 하루라는 시간을 다시금 점검해 봅니다.

"나는 현재 어떤 시간을 많이 보내고 있는가? 내가 쓰고 있
는 시간에 문제점은 없는가?

나의 목표를 향해 가는 데 얼마만큼의 시간을 사용하고 있는 가?"

『고교중퇴 배달부 연봉 1억 메신저 되다』 중에서

부자가 되기로 결심한, 지난 11월부터 지금까지 하루를 부지런히 보내고 있습니다. 경제 분야 책을 집중해서 읽고 있고, 경제 신문도 보기 시작했습니다. 좋아하는 운동도 하고, 감사하게도 일도 하고 있습니다. 좋은 분들의 강의도 듣고, 블로그를 통해 좋아하는 기록도 남깁니다. 그리고 이렇게 글도 쓰고요. 참 바쁜 요즘입니다. 동생과 통화할 시간조차 없어 오늘도 SNS로 간단히 대화합니다.

제가 이루고 싶은 목표들을 향해 현재 얼마큼의 시간을 사용하고 있는지 책을 읽으며 이동하는 중에 계산해보았습니다. 지금 진행 중인 일들을 쭉 나열해보니, 그 일들을 하려면 약 12시간이 필요합니다. 그 12시간과 수면시간 6시간을 하루 24시간에서 빼보니, 남는 시간은 약 6시간! 기가 막힙니다. 그동안 시간이 부족해서 못한다고만 생각했는데, 6시간이나 더 활용이 가능했다니! 그동안 은근슬쩍 이 귀한 시간을 흘려보내고 정작 해야 할 일들을 못 했던 거였습니다. 물론 위의 12시간 동안 원하는 스케줄을 모두 소화하려면 개인적인 시간은 절대 나올 수가 없습니다. 그야말로 살인적인 스케줄입니다. 양치질하는 시간도 다 체크되었고, 이동시간도 철저

하게, 그리고 하루 세끼 먹는 시간도 총 1시간 30분으로 잡은 것이죠. 계산상으로는 하루에 목표한 스케줄들을 소화하기 위해서는 식사 한 끼를 먹는 데 30분을 초과하면 안 됩니다.

불가능할 수도 있습니다. 하지만 가능성도 함께 보았습니다. 저의 최고의 장점 중 하나가 긍정입니다.

PLAN-DO-SEE!

여러분도 목표 설정을 하고, 행동하고, 그리고 점검해보는 따뜻한 이 밤이 되시길 바랍니다.

오늘, 어떤 시간의 문을 여셨나요?

2021.02.03 수 pm6:53~7:48 글을 쓰다.

*3*___ 사랑 중 제일은 나를 사랑하는 사랑이다

"믿은, 소망, 사랑. 그 중, 제일은 사랑이더라."

지금 이 순간에도 사랑을 해야 합니다. 당신에게도 해당 되는 말입니다.

솔로로 있는지 몇 년째인지 몰라서 하는 소리냐고, 속도 모르고 하는 소리라고 따져 물을 수도 있습니다. 그런데 우리는 이미 수많은 관계 속에서 꾸준히 사랑을 이어가고 있습니다. 그 중에서도 제일 중요한 관계와의 '사랑'에 대한 이야기를 하려고 합니다.

"지금 사랑을 하고 계십니까?"

우리는 부모님을 사랑하고, 배우자를 사랑하고, 자식을 사랑합니다. 종교가 있다면 믿는 신을 사랑합니다. 이웃을 사랑하라는 종교 말씀을 따라 매일 보는 이웃을, 참으로 이해 안 되는 이상한 이웃도, 그저 스쳐 지나가는 사람들도 사랑해야 하는 이웃이 됩니다. 그리고 한 번도 보지 못한 이웃마저도 사랑합니다.

"나는 나를 사랑한다."

세상에 흩뿌려진 많은 종류의 사랑 중, 그중 제일 중요하고도 중요한 사랑은 바로, 내가 나를 향한 사랑입니다.

"나 자신을 사랑하는 법을 몰랐다."

『고교중퇴 배달부 연봉 1억 메신저 되다』라는 책에 나오는 말입니다. 이 말이 위로가 되고 용기가 되어 가슴에 들어옵니다. 저도 그랬거든요. 나를 사랑해야 한다는 것을 알면서도 쉽지 않았습니다. 괜찮으면서도 약해지고, 단단하면서도 간혹 물러졌습니다. "나는 내가 좋다", "나는 나를 사랑한다"는 외침에 정말 전력을 다해 진심을 얹지 못했습니다.

2020.12.28(일)부터 조금씩 달라지고 있습니다. 노트에 꿈을 적고, 소망을 남깁니다. 지나가는 바람에 흔들릴 때면 노트를 꺼내 다시금 읽어봅니다. 마음속 다짐을 노트에 쏟아냅니다. 펜으로 노트에 기록할 뿐이지만, 한 글자 한 글자는 나의 눈을 통해, 나의 무의식 속에 박힙니다. 그리고 거기에 하나 더! 지금까지는 못했던 진심을 다해 '나는 나를 사랑한다.'라고 외칩니다. 내가 나를 사랑할 때 모든 노력의 성과들이 더욱 단단하게 뿌리를 내릴 수 있다는 것을 알기에 흔들리게 되더라도, '괜찮아! 내가 나를 사랑하니까!' 타인과의 비교에 마음이 들어 작아질 때도, '그럼 어때! 나는 어제보다

오늘 더 성장했는걸!'이라며 내게 힘을 얹어줍니다.

내가 나를 사랑하는 마음은 성장의 동력이 됩니다.

2021.02.04 목 pm7:17~8:08 글을 쓰다.

4__ 사랑의 첫걸음, 자기 용서

오늘은 이 주제로 글을 쓰려 정한 뒤부터 마음이 먹먹해졌습니다. 그랬습니다.

내가 나를 사랑하는 것.

만약 내가 나를 사랑하는 마음이 자꾸 엎어진다면, 선행되어야 하는 오늘 이야기입니다.
'자기 용서'
수년간 긍정적이다가도 무너졌습니다. 또렷했다가도 희미해졌고요. 진취적이다가도 어느 순간엔 동굴 속으로 들어갔습니다. 이를 몇 해 동안 반복했습니다. 반복될 수밖에 없었던 이유를 2019년에 비로소 알게 되었어요. 저는 저를 용서하지 못했던 것입니다.

26살. 어릴 수도, 많을 수도 있는 나이에 엄마가 돌아가셨습니다. 엄마는 평생을 일만 하셨죠. 일하고 집으로 돌아오셔서 새벽 1시가 넘어서야 겨우 주무시고, 새벽 5~6시면 일어나셨습니다. 수년간 반복된 엄마의 일상이었습니다. 집안 정리와 가족들이 먹을 수 있는 찬거리들을 손수 만드시느라 늘 잠이 부족했습니다. 아직도 기억이 또렷합니다. 엄마가 일하시는 곳은 친구분들의 사랑방이였는데, 그

분들이 도란도란 커피도 마시고 담소를 나누실 때도 옆에서 꾸벅꾸벅 조시던 엄마가 여전히 기억 속에 또렷합니다.

자정이 훌쩍 지난 늦은 시간까지도 찬 준비에 분주하셨던 엄마 옆에 앉아 갈비를 양념에 재우기 위해 고기를 다듬으시는 그 손길을 지켜보기도 했습니다. 옆에 웅크리고 앉아 바라봤던 덕분에 엄마표 돼지갈비를 제법 흉내 냅니다. 나물 반찬 만드실 때는 옆에서 지켜보지 못해서인지 나물 반찬은 아직도 서툽니다. 그리고 아무리 흉내를 내도 그 맛이 나지 않습니다. 엄마표 반찬을 오래도록 먹을 수 있을 줄 알았어요.

2014년, 혈액암 진단을 받고서 비로소 창살 없는 감옥이라던 일터에서 벗어나실 수 있었습니다. 1년간 항암치료를 하셨고 예후가 좋지 않은 병이라는 말과는 달리 퇴원도 빨리 하실 수 있었습니다. 치료를 받으시는 동안은 너무 힘드셨지만, 1년 만에 퇴원을 할 수 있을 정도로 건강이 좋아져서 회복되신 줄 알았습니다. 그런데 얼마 되지 않아 병원에 다시 들어가셨어요. 처음보다 더 힘든 시기를 보내셨고, 아빠와 자식들 앞에서는 아픈 모습을 보이지 않으려고 애쓰셨어요. 그리고 어느 날, 잠을 청하신 후 다시 눈을 뜨지 못했습니다.

"엄마, 나 이제 갈게."

"안 가면 안 돼?"

"갔다가 금방 올게."

마지막 인사가 되어버렸습니다. 가지 말라고 하시는 엄마를 뒤로 한 채 웃으며 병원을 나선 그날의 저를 저는 계속 용서하지 못하고 있었습니다. 엄마가 돌아가신 후로도 그 아픔을, 상황을 이겨내야 했기에 더 웃었습니다. 모든 상황을 긍정적으로 생각하려 애썼습니다. 그러다가 돌부리에 넘어지게 되면 한참을 일어나질 못했어요. 나를 미워하고 있었고, 용서하지 못했기에 그런 아픔은 당해도 된다고 생각했던 것 같습니다.

"난 무조건 네 존재를 받아들인단다.

헤아릴 수 없을 만큼 널 사랑해.

이렇게 누군가를 자랑스러워해 본 적이 없단다.

그 상처로 인해 너 자신을 잃지 않도록 하거라.

네가 저지른 실수는 너 자체가 아니야.

넌 이미 용서받았단다. 이제 너 자신을 용서해라"

『부자의 언어』 중에서

책을 읽던 중 나도 모르게 울고 말았습니다. 마치 엄마가 책을 통해 제게 말해주는 것 같았어요.

참으로 이상합니다. 글이라는 것은.

매일 10분 글쓰기를 위해 생각을 쏟아낼 뿐이었는데 여운이 진하게 남아있어요. 용서라는 주제로 글을 쓰면서 10분이라는 시간적 제한(실제로는 20분 소요된) 때문일 수도 있다고 생각되었습니다. 그런데 스스로 치유가 되었다고 생각했는데 글을 쓰면서 다시금 먹먹해졌고, 눈물샘은 잠금 해제되었습니다. 이제는 엄마와 관련된 이야기를 편히 하고 있으니 글쓰기도 편히 쓸 수 있을 줄 알았는데 착각이었나 봅니다. 글을 정리하는 이 순간, 다시금 눈물샘이 잠금 해제되었습니다.

돌아가시기 얼마 전, 그러니깐 그때는 따뜻한 봄날이었어요. 엄마가 누워계시는 병실 침대에서 창밖을 보니, 5월의 봄은 알록달록한 색들로 입혀지고 있었습니다.

"퇴원하면 꽃구경 가야겠어."
"그래, 그러자. 엄마, 꽃구경 가자."

그 봄, 엄마는 퇴원하지 못하셨고 병실에서 바라보신 꽃구경이 마지막 꽃구경이 되었습니다.

오늘 오전 한 강의를 듣는데, '자녀와 엄마'이야기가 계속 나옵니다. 처음 들었던 특강 때도 울며 들었었는데, 어제 틀어진 눈물샘

덕에 눈시울이 더욱 붉어집니다. 이런… 지금도 내내 그러합니다. 오늘 밤에 쉬이 잠기긴 글렀습니다.

참 다행스러운 건 엄마한테 "사랑해요"라는 말을 했다는 것입니다. 딱 한 번의 사랑 표현이었습니다. 1년간의 항암치료 후 컨디션이 많이 좋아지셔서 거실에서 함께 뒹굴뒹굴하며 TV를 보다가, 별안간 사랑한다고 말해야겠다는 생각이 들었습니다. 처음 있는 일이었고, 지금 당장 말해야 한다고 본능적으로 느껴졌습니다. 그렇게 처음으로 엄마에게 "엄마, 사랑해요."라고 말했습니다. 얼마나 다행인지 모릅니다. 엄마와 제대로 인사도 못하고 헤어질 줄은 꿈에도 몰랐지만, 그 때 그 순간 엄마에게 사랑한다고 말하지 않았더라면 아마도 전, 죄책감에 한참을 힘들어했을 거예요.

나를 용서하지 않고, 진심으로 나를 사랑하지 않는다면 앞으로의 삶의 여정에서 언제든 다시 무너질 수 있다는 걸 깨달았어요. 언제든 넘어질 수 있고 좌절할 수도, 마음이 작아질 수도 있는데 그때마다 나를 다시 일어설 수 있게 하는 힘은 '내가 나를 사랑하는 마음'입니다. 그리고 그것은 죄책감, 후회, 자기혐오, 자기 경멸을 놓아주고 내가 나를 진심으로 용서할 때 비로소 가능합니다.

"나를 자유로 이끌어줄 문을 향해 걸어갈 때,
비탄과 증오를 뒤로 하지 않으면 여전히 나는 감옥이다."
－넬슨 만델라

그래서 저는 오늘 '용서'의 문을 열고 들어갑니다. 손잡이를 잡고 문을 여는 건 쉬워 보여도 제겐 꽤 큰 용기가 필요했어요. 문을 열고 들어가면 그곳에는 수 년 전의 제가 있습니다. 병원에 계시는 동안 처음으로 안가면 안 되느냐고 붙잡으시던 엄마를 뒤로 한 채 "내일 또 올게."라며, 내일은 못 만날 거라는 걸 꿈에도 모른 채 웃으며 병실을 나와 버린 제가 아직도 울고 있습니다. 그런 나를, 어린 나를 안아주고 토닥여줍니다. 그리고 미처 깨닫지도 못한 날들 동안, 헤아릴 수 없을 만큼 사랑해주셨을 엄마가 계시기에 이제는 너는 너를 용서하고 사랑해주라는 말을 건네줍니다.

오늘, '용서'의 문을 열고 들어가 어렸던 우리의 '나'를 안아주세요.

2021.02.06 토 pm4:00 글을 쓰다.

무엇이 자신을 괴롭히든
언제나 스스로를
용서해야 하는 시기가 있다.
부자의 언어 중에서

5__ 시작하는 습관

어느 날 '습관'이라는 단어를 검색해보니 8,700건의 결과가 나왔습니다. '돈'이라는 단어의 검색 결과는 5,363건, '부자'라는 단어의 검색 결과는 3,199건, '성공'이라는 단어의 검색 결과는 11,424건이었습니다. (2021. 02. 07 기준)

습관이라는 주제로 글을 쓰기 위해 몇 가지를 검색해보니 재미있는 사실이 나옵니다.

B와 D사이에 C가 있듯이, 부자와 성공 사이에는 '습관'이 존재하는 것. 11,424건과 3,199건 사이에 8,700라는 숫자가 들어가 있어서 끼어 맞추어보았습니다. 너무 멋진 발견 아닌가요. 코에 걸면 코걸이, 귀에 걸면 귀걸이.

현대 인류 중에 '성공'을 바라지 않는 사람이 있을까요. 물론 개인마다 바라는 성공은 다를 것입니다. 그리고 모두가 꿈꾸는 '성공한 사람' 하면 떠오르는 건 '부자'입니다. (오늘 이야기할 '부자'의 종류는 도덕적인 방법으로 재산을 모은 '부자'에 대한 이야기입니다. '명예적인 성공'과 '마음만은 부자다'라는 형태의 '부자' 이야기는 오늘 다루지 않을게요.)

성공을 하고, 부를 축적하게 되면 존경을 받습니다. 또한 성공 스토리는 많은 이들에게 귀감이 됩니다. 성공을 만들어 낸 그들의 법칙, 규칙은 많은 이들에게 성공의 지침이 되고, 수많은 팔로우들이 생깁니다.

검색 결과로 봤을 때(물론 끼어 맞추기이지만), 우리가 그토록 바라는 성공을 향해 가는 길에는 '습관'이 중요한 포인트가 되는 듯합니다. 돈, 부자 그리고 어떻게 하면 돈을 더 벌 수 있을지, 모을 수 있는지를 공부하기에 앞서 성공과 성장을 위한 '습관' 들이기가 더 중요하다고 위의 검색 결과가 보여주는 것 같습니다. '습관'과 관련된 책이 많다는 것은 수요가 많다는 것이고 꾸준히 수요가 있다는 것은 좋은 습관 만들기가 그만큼 쉬운 일이 아니기 때문이라고 생각합니다.

저는 요즘 새벽 3시 30분에 기상을 합니다. 2021년, 올해 들어 새로 생긴 습관이죠. 독서 모임을 시작한 덕분입니다. 참여하게 된 독서 모임을 시작한 2021년 1월 4일. 매주 월요일 새벽에는 서울역에 가야 하는 이유로 새벽 4시에는 기상을 합니다. 그런데 그 시각, SNS가 딩동 울립니다. 독서 모임 그룹 채팅방에서 기상 인사를 건네는 문자입니다. 정말 놀라웠습니다. '이건정체가 뭐지? 이 모임?'
처음에는 눈치를 봤습니다. 답을 해야 하는 것인가. 오늘 인사를 건넸다가 내일은 하지 않으면 하루살이가 될 텐데, 과연 내가 내일도 이 시간에 일어날 수 있을지. 내일은 서울역에 가지 않는데…….

하루살이는 싫고, 그렇다고 용기 있게 인사를 건네지도 못하고 그렇게 하루를 보냈습니다. 그리고 다음 날, 새벽 인사를 알리는 '딩동'이 또 울렸습니다. 정확히 언제부터였는지 모르겠는데 둘째 날부터였을까요. 에잇, 일단 보내야 나도 이른 기상을 하겠다는 생각이 들어 새벽 인사를 시작했습니다. 그렇게 나의 새로운 새벽이 시작되었습니다.

미라클 모닝을 실천하기 위해 그동안 정말 노력했습니다. 노력이 성공으로 이어졌으면 좋았으련만, 습관으로 자리 잡진 못했습니다. '저혈압이라 난 아침잠이 많아', '난 심야에 집중이 더 잘 돼.' 갖가지 핑계를 대며 스스로에게 합리화를 할 수밖에 없었습니다. 높은 이상에 비해 현실에서는 성취가 이뤄지지 않으니 자괴감이 들었습니다. 스스로를 방어하기 위해 합리화라는 방법을 택한 날들이 많았습니다. 다행히 작년 11월, 부자가 되기로 결심한 그때부터 조금씩 목표 달성이 되어 가고 있었습니다. 그래서 새벽 독서 모임도 할 수 있었습니다.

사실, 새벽 기상이 이 독서 모임의 규칙은 아닙니다. 열정적인 삶을 사시는 분들이기에 자발적으로 그러한 분위기가 형성된 것 일 뿐입니다.

그 분위기를 따라 새벽기상은 어느새 제게도 습관이 되었고, 새벽부터 아침까지 하는 루틴을 건너뛰게 되면 몸이 근질근질했습니다. 새벽 공기를 맡고 싶다면 새벽 기상을 함께 하는 그룹을 직접 만들거나, 만들어진 그룹에 참여하는 걸 추천합니다. 함께 하면 힘이 더욱 커집니다. 할 수 밖에 없는 환경을 만들어보세요.

그러고 보니, 새벽 인사를 건네는 독서 모임이라는 것을 미리 알았다면, 참여 자체가 어려웠을 것입니다. 새벽 루틴을 습관화할 수 있었던 건, 새벽 기상하는 사람들이 많은 독서 모임이라는 걸 사전에 몰랐던 덕분입니다.

저는 기상 후, 1시간 동안 책을 읽습니다. 책을 읽으며 인상 깊었던 부분들을 사진 찍고 짤막한 글과 함께 인증글을 남깁니다. 이 과정이 정말 소중합니다. 제가 올린 글들은 저의 기록이자 자료가 됩니다. 또한 다른 회원들의 인증글을 보면 다시 한 번 공부가 됩니다.

새벽 독서 모임 후에는 공복 운동을 하고 종이 신문을 읽습니다. 공복 운동을 위해 집 앞 공원 트랙을 뛰기 시작한 건 코로나가 발병한 작년 2월부터입니다. 코로나가 유행하자, 헬스장은 문을 닫았습니다. '헬스장이 문을 닫는다고 운동을 못 할 건 없다. 웨이트는 집에서 하면 되고 유산소는 집 앞 공원을 돌면 된다.'라고 생각하며 실천으로 옮겼습니다. 코로나 때문이라도 기초 체력과 면역력을 스스로 키워야 한다고 생각했습니다. 하루하루 열심히 운동했습니다. 헬스장 다닐 때보다 오히려 더욱 열심히 했습니다. 그런데 실내에서 뛰는 거랑 야외에서 뛰는 거랑은 차원이 달랐습니다.

'어랏? 이것 봐라. 이 정도로 벌써 숨이 차? 실내에서는 거뜬했던 5km 런닝이, 밖에서는 1km도 힘이 드네.'

실외에서는 1km 완주도 힘이 들었습니다. 겨울이기에, 옷이 무겁고 바람의 저항이 느껴졌어요. 그렇게 야외 조깅이 더 힘든 이유는 두툼한 옷과 바람 탓이라고 생각하고 싶었습니다. 시간이 흐르고 추위가 풀리니 옷도 가벼워지고 조깅도 더욱 재미있었습니다. 여름에는 자연 햇볕 아래에서의 선탠이 덤으로 따라왔습니다. 그리고 몇 km 뛰는 걸 목적으로 두지 않고, 운동은 나의 건강을 위한 수단일 뿐이라 생각하니 그저 운동하는 자체가, 공복 운동하는 시간 그대로가 즐거웠습니다.

자기 전에 팔굽혀 펴기를 하는데 2018년 여름부터 시작해서 4년째 하고 있습니다. 팔굽혀 펴기 10번. 고작, 그것뿐이라고? 놀리지 말아주세요. 1개도 제대로 못했던 제가 1년이 되어갈 때쯤 10개가 가능해진 것입니다. 1개에서 10개, 10배가 뛴 것이죠. 꾸준히 하는 제가 참 기특합니다.

자기 전 1회 팔굽혀 펴기를 무조건 한다는 내용을 2018년, 어느 책에서 읽었습니다. 팔굽혀 펴기 한 번은 그냥 무시할 수 있는 숫자지만, 습관은 아주 쉽게 할 수 있는 것으로 시작하는 것이고, 자려고 누웠다가도 그 한 번을 하지 못했을 때는 다시 벌떡 일어나 '1회'를 반드시 실행하는 행위 자체가 성공으로 이끄는 습관이 되는 것입니다.

저도 바로 실행했습니다. 처음에는 한 번씩 했는데 도무지 근육이 붙지 않아서 근육이 생길 수 있도록 10회로 늘렸습니다. 처음에는 한 번 하는 것도 힘이 들었지만, 점점 10회가 가능하게 되어 스스로 뿌듯했습니다. 물론 자세는, 여전히 엉성하지만, 팔을 굽히고 위아래로 내려갔다가 올라오는 것만으로도 멋진 일입니다. 자려고 누웠다가도 침대 밑으로 다시 내려와 한 적도 있어요. 그런 제가 멋져 보였습니다.

이번 달 들어 새로 시작하는 습관 목표들도 있습니다. 기대됩니다. 이야기가 너무 길어지니 이야기하지 못한 현재의 습관들과 앞서 이야기한 것들, 그리고 새로 진행하는 습관들이 만나고, 더해지고 모이면 제가 얼마나 멋지게 성장하게 될지 기대됩니다. 훗날 "이 습관들이 있었기에 제가 이 책을 낼 수 있었다, 목표를 이룰 수 있었고, 성공할 수 있었다, 나와의 약속을 지켜낸 결과 그토록 바라던 경제적, 시간적 부를 얻을 수 있었다."라고 말할 수 있을 때 저의 이야기가 세상을 조금 더 따뜻하게 하고, 이 이야기를 통해 용기와 힘을 얻는 분이 생기길 바라는 작은 소망이 있습니다. 그런 날이 하루 빨리 오길 바라며, 오늘도 저는 매일 10분 글쓰기를 합니다.

습관의 문 뒤에는 반짝반짝 빛나는 습관들이 헤아릴 수 없이 많습니다. 지금 당장 시작할 수 있는 아주 작은 단위의, 당신의 별이 되어줄 단 하나의 습관을 만나보세요.

'시작하는 습관'을 먼저 만나시는 것도 추천합니다.

2021.02.07. 일. pm8:15 글을 쓰다.

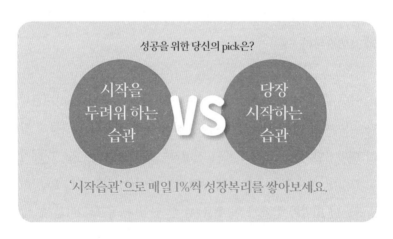

6__ 배움

배웁니다. 늘 배웁니다. 어떤 일이 생기면 그 일이 제게 던져주는 메시지들을 찾고 그 메시지로부터 무언가를 반드시 배우려고 애씁니다. 그리고 부모님, 선생님, 친구, 배우자 등 내가 아닌 타인으로부터 늘 배웁니다. 태생이, 주어진 상황과 타인을 탓하지 못하기에 왜 이런 일이 일어났는지에 대해 답을 찾으려고 애씁니다. 때로는 하늘에 대고 묻기도 합니다. 그리고 다행히도 길지 않은 시간 안에 그 이유를 찾게 됩니다. 그렇게 늘 배우고 깨닫습니다.

2001년, 개인적으로 정말 힘든 일이 있었습니다. 정말이지 감당할 수 없는 아픔이었습니다. 때가 되면 이 이야기도 하고 싶어요. 왜냐하면, 풀어낼 때 비로소 자유로워질 수 있으니 말이죠. 그 당시에 배운 건 겸손이었습니다. 하고자 했던 일들이 목표를 달성하면서 아주 당돌하게도 내가 잘해서 그런 줄만 알았고, 자신감이 도를 지나쳐 자만이 되고 말았어요. 자만이 하늘을 찌르니 그때까지의 인생 중 가장 큰 고난을 만났습니다. 저는 하늘이 제가 너무 교만해서, "요놈!" 하면서 그런 일을 겪게 했다고 생각하지는 않아요. 나중에 겪게 되면 더 크게 아플 거라는 걸 알기에 그때 그 시점에서 가르침을 준거라고 생각했어요. 그때 배운 겸손은 인생 전반에 큰 영향을 미쳤습니다. 많이 어린 나이에 알게 된, 미덕이라고 칭하는 겸손은 아프고 아팠습니다. 그 덕분인지 나이에 비해 마음과 생각이 깊다는 이야기를 주변 어른들에게서 많이 들어요. 인생에서 가장 큰 미덕을 가장 큰 고통을 견뎌냄으로써 배웠습니다.

2001년, 저는 제대로 넘어졌고 '겸손'을 주웠습니다.

"사람은 넘어질 때마다 무엇인가를 줍는다고 했다."
『고교중퇴 배달부 연봉 1억 메신저 되다』 중에서

2006년 5월 7일, 엄마가 돌아가셨어요. 어버이날 하루 전에 말이죠. 하늘에 또 물었습니다. 2001년의 고통만으로는 부족했냐고. 내가 그리도 잘못한 게 많으냐고. 인사도 제대로 못 했는데 데려가실 수가 있냐고. 남은 우리 가족은 어찌하면 되느냐고 묻고 또 물었습니다. 눈물의 나날을 보내던 중 어느 새 또 답을 찾게 되었어요. 그건, '사랑'이었습니다.

홀로 남은 아버지를 더욱 존경하고, 엄마에게 다하지 못한 사랑을 아버지께 드리라는 깨달음이었죠. 제게 던져진 메시지를 깨닫게 되었고, 엄마의 부재를, 죽음을, 이젠 만질 수 없고, 안을 수 없음을 인정하게 되었습니다. 아버지에 대한 저의 사랑이 부족하게만 느껴졌는지 엄마를 데려가심으로써 마땅히 제가 할 일을 알게 하셨죠. 고통 속에서 다시 한번 배운 메시지였습니다.

어떤 상황에서든 메시지를 찾으려 하고, 발견한 메시지로부터 배우려고 노력합니다. '~때문이' 아니라 '~덕분에' 배웠다고 늘 생각합니다. 작년 2020년, 코로나가 퍼지기 시작할 때도, 상황을, 대상을 탓하지 않고 내가 지금 그래서 무얼 할 수 있는지 찾았습니다. 저의 습관이자 특기예요. 코로나가 유행하고, 운동하던 헬스장은 문을 닫았고. 그래서 아무것도 할 수 없는 것이 아니라 '그럼에도 난 내 할 일을 하겠다.'라고 마음을 먹고 방법을 찾기 시작했어요. 걱정과 우울감에 휩싸여 있는 것보다 내 면역력은 스스로 길러야겠다고 생각하고 공복 조깅을 시작했습니다.

외부 상황을 탓하지 않고 내 안을 들여다보며 조심해야 하는 건. '내 탓'이 되지 않도록 하는 것입니다. 상대방을 탓하지 않는 것이 무조건 '내 탓이오'가 아니라는 말이죠. 스스로에 대한 자책이 심해지면 자존감이 낮아지고, 더 심해지면 자괴감에 빠져 마음이 병들게 됩니다. 그러지 않기 위해서 상황을 객관적으로 바라보는 훈련이 필요합니다. 상황은 매번 다양하게 발생하므로 저도 여전히 훈련 중이에요. 독서를 통해, 사람을 통해, 성찰을 통해 계속 배우고 훈련하고 있습니다.

"반드시 밀물은 오리라. 그날 나는 바다로 나아가리라."

『무지개 원리』 중에서

2008년 취업 준비로 한창일 때 큰 힘이 되었던 문구예요. 책에서 힘을 얻을 수 있음을 처음 알게 된 경험이었죠. 취업 준비로 바짝 말라가던 제게 인생을 바라보는 관점을 완전히 재정비하게 해주는 책이었고, 인생 전반에 정말 큰 영향을 준 책입니다. 그해에 만난 『꿈꾸는 다락방』도 같은 맥락에서 나침반 같은 책이 되었습니다. 내뱉는 말의 힘, 긍정의 힘을 배울 수 있었죠.

그때만 해도 책을 많이 읽지 않았던 저는 늘 갈급함이 있었고, 긍정을 가르쳐주는 책들은 제게 사막에서 만난 오아시스 같은 거였습니다. 생각들이 풍성해지고, 실천함으로써 긍정의 향기를 뿜어내고, 그렇게 독서를 통해 배우는 것은 너무나도 달콤했습니다. 그때가 바로 저의 때였다고 생각해요. 좋은 메시지들을 만났을 때 그대로 흡수가 되는 때 말이죠.

매일 1% 성장 복리 프로젝트
나는 배우는 사람이다.
고로, 나는 매일 성장한다.

사람은 다 때가 다릅니다. 가장 좋은 것은 가장 좋은 때에 만난다고 믿어요. 사람마다 그 '때'가 다르기에 나한테 좋았다고 해서 열성적으로 추천할 필요도, 채근할 필요도 없는 것이죠. 때가 아직 아닌 사람에게 백번을 말해도 귓등으로도 못 듣습니다. 여기가 포인트입니다. 안 듣는 게 아니고, '못' 듣는 것입니다. 그 사람이 본인의 의지로 안 듣는 게 아니고, 때가 아니기에 못 듣는 것입니다. 시간의 차이가 있을 뿐, 맞는 때는 반드시 만나게 되므로, 상대방을 진심으로 위한다면 그저, 그 사람이 본인의 '때'를 하루라도 빨리 만나게 되기를 바라는 마음으로 응원해 주는 것이 어쩜, 상대를 위한 가장 큰 응원이 아닐까 싶어요. 마음으로 하는 응원이라 티가 나지는 않겠지만요.

만나는 분들 모두에게서도 배웁니다. 나이는 상관없어요. 요즘엔 초등학생들한테 놀랄 만큼 많은 것을 배웁니다. 어린 나이임에도 성실 근면하게 본인에게 주어진 일에 최선을 다하는 친구들이 많아요. 나는 저 나이 때 어땠지, 그리고 지금은? 라며 저 스스로 돌아보게 됩니다.

한 사람은 한 권의 책이라고 하죠. 한 사람 한 사람마다 분명 배울 점이 있습니다. 그 사람은 나와 다른 책을 써왔고, 써가고 있기 때문이에요. 이 책 또한 누군가에게 긍정의 영감을 주고, 감동을 줄 수 있기를 바랍니다. 그렇게 저한테도 배울 점이 있다면, '아, 저 사람처럼은 행동하지 말아야지'가 아닌, '저 사람처럼, 저 선생님처럼, 저 회장님처럼 나도 해야지. 저 부분은 나도 배우고 닮아야지.'라고 생각되도록, 그러기 위해, 저는 오늘도 또 배우며 성장합니다. 독서를 통해, 타인을 통해.

오늘, 어떤 점을 깨닫고 배우셨는지요?

2021.02.08. 월. pm 8:00 글을 쓰다.

7__ 긍정의 말은 강력하다 : 때문이 아니라 덕분에

말의 힘을 믿으시나요? 저는 말이 가진 힘을 맹신하는 편입니다. 그 힘을 믿기 시작한 건 2007~2008년경『물은 답을 알고 있다』라는 책을 읽은 게 결정적이었습니다. 그즈음 읽었던『무지개 원리』, 『꿈꾸는 다락방』 등의 책들과 연결되며 '내가 내뱉는 말의 힘'을 확신하게 되었습니다. 그래서 매사 긍정적인 언어를 통해 주변에도 긍정적인 영향을 끼치고자 합니다.『물은 답을 알고 있다』 책이 후에 논란이 있었는데 책에서 궁극적으로 이야기하고자 하는 건 변치 않는 것 같아요. 내가 내뱉는 언어가 그것을 듣는 상대뿐 아니라, 말하는 본인에게도 얼마나 많은 영향을 주는지에 대해 명확하게 깨닿게 해주었어요. 과학적 증명에 논란이 있었지만, 저, 한 사람의 가치관을 긍정적으로 바꿔준 고마운 책입니다.

"○○때문이 아니라, ○○덕분에."

곤경에 처하는 상황이 되면, 혼란 속에서 내가 배울 수 있는 것을 찾으며 어려운 상황을 기회로 삼고자 합니다. 이 또한 긍정적으로 바라보게 된 덕분입니다. 저의 습관이자 특기입니다.

저는 학원에서 초등학생 친구들과 영어로 함께 하고 있습니다. 참 감사한 일이에요. 이곳에서는 선생님들이 주입식으로 가르치지 않고, 코칭을 통해 아이들이 스스로 자기주도학습을 할 수 있도록 돕는 역할을 합니다. 그래서인지 긍정적인 이곳만의 규칙이 있는데요. 부정적인 단어 사용을 금지한다는 것입니다. 욕, 험한 말, 친구한테 나쁘게 행동하는 모든 것들을 금지합니다. 금지된 행동과 부적절한 언어 사용이 누적되면, 더 이상 이곳을 다닐 수 없게 됩니다. 다행히 여느 학원과는 다른 이곳을 아이들은 참 좋아하고, 그래서 이곳에 계속 나오게 되기를 원하기 때문에 알게 모르게 배운 나쁜 행동들을 줄이게 됩니다. 그럼에도 불구하고 이런 경우가 있었어요.

"선생님, 저 망했어요.", "선생님, 저 못하겠어요.", "아! 짜증 나."

이런 경우에는 욕을 하는 게 아니라서 애매하지만, 습관적으로 이런 언어를 사용하는 아이들은 본인 스스로 그리고 그걸 듣는 옆 친구에게도 영향을 주게 되므로, 말하는 사람 듣는 사람 누구에게나 악영향을 끼치게 됩니다. 이럴 때, "안 돼! 그런 말은 쓰면 안 돼. 나쁜 말이야."라고만 해버리면, 눈앞에서만 안 할 뿐 직접적인 효과가 적습니다. 그래서 가르치지 않고, 사용하는 어휘 자체를 바꿔보기를 시도해보라고 격려해 줍니다.

"애들아, '망했어요'가 너무 말하고 싶을 땐 다른 표현을 사용해 보자. 망한다고 말하면 망할 일들이 계속 따라오게 되거든."

그랬더니 한 친구가 아이디어를 냅니다.

"망고라고 할게요."

그렇게 '망했어요'는 '망고'로 변신했습니다.

또한 아이들은 너무나도 쉽게 "아, 짜증 나!"라고 말합니다. 그럴 때도 이야기해줍니다.

"'짜증'이라는 말을 하고 싶을 땐 어떻게 하면 좋을까?"

"짜장면이라고 할게요."

그렇게 또 하나의 부정적인 표현은 우리만의 암호 덕분에 입 밖으로 나오지 않게 됩니다.

"~ 안 돼."라고 하기보다는 "~ 이렇게 해보자."라고 사용하는 언어를 바꿔주는 것부터 일단 시작하는 게 어린 친구들에겐 좋다고 생각합니다.

어느 날은 또, "에이 씨!"라는 외침이 들립니다. 그걸 들은 저는 "디 이 에프 쥐~"라고 이어 붙여줍니다. 그럼 아이들이 어리둥절해합니다.

"○○이 영어 공부한 거 하자. 에이 비 씨 디 이 에프 쥐~"라고 하면 아이는 멋쩍게 웃습니다.

한 번은 이런 적도 있습니다.

"선생님, 저 지금 망고예요."
"응…?"
"망고라고요."
"??"
"망고라고 하기로 했잖아요."

"아!!"

그 친구와 저는 서로 마주 보고 웃습니다. 저는 잊어버려도 아이들은 잊지 않고 있었습니다. 그러던 중, 연결성이 부족한 단어인 '망고, 짜장면' 보다 한 단계 업그레이드 해보기로 했습니다.

"○○아, 나쁜 말이 하고 싶을 땐, 나는 나를 사랑한다고 말해보자."라고 슬쩍 던져봅니다. 애들이 기겁을 합니다. 기겁하며 손사래를 치지만 웃으며 받아들여요. 그런 말을 해 본적이 없어서 그러겠죠. '자주 말하게 해줘야지!' 라고 저 자신에게 다짐합니다.

예전 함께 일했던 동료는 스트레스를 받으면 거칠게 입으로 감정을 뱉어냈습니다. 고객과의 전화 통화나 대면 상담이 끝난 후가 바로 그때입니다. 고객에게 최대한 맞춰가며 전화 응대를 한 후 끊자마자 입으로 거칠게 내뱉습니다. 홀로 메아리를 치는 것이죠. 고객은 듣지도 못하는데 말입니다. 그곳엔 함께 일하는 동료와 상사가 있고, 저랑 둘이 있을 때도 있었는데 나와 동료는 그의 욕받이가 되었습니다. 부정적인 상황에는 같이 맞장구를 쳐줄 수 있는 성격이 안되니 그 메아리를 무시했습니다. 사실 애초에 무시가 안 되는 일이죠. 왜냐하면, 저의 귀를 통해 그의 욕이 들어왔기 때문이에요. 제가 들어버렸기 때문에 그건 저한테도 부정적인 파장을 일으킵니다.

예전에 읽었던 책에서 배운 게 있었습니다. 책대로라면, 그때 그 상황에서 전 이렇게 말했어야 했습니다.

"○○씨, 지금 ○○씨가 뱉은 그 욕은 내가 듣게 돼요. 고객은 못 듣고요. 전 욕을 듣고 싶지 않아요. 제 앞에서는 하지 않았으면 좋겠어요."라고 말이죠. 제가 저를 지키는 방법입니다. 하지만 그 당시 전 저를 지켜주지 못했어요. 일하는 동안에 읽었더라면 스스로 지킬 수 있었을 텐데 아쉽습니다.

솔직히 말해서 그때 그걸 알았더라도, 다시 그때로 돌아간다고 해도 저는 하지 못했을 겁니다. 왜냐하면, 그는 사장님 아들이었거든요.

좋아하는 '긍정의 언어'라는 주제로 글을 쓰니 참 좋습니다. 재밌습니다. 그러다 보니 이야기가 길어질 것 같아서 다음에 또 할 수 있으면 할게요. 한 가지만 더 이야기하고요.

저는 올해 21년 2월 1일부터 매일 긍정의 확언을 하며 하루를 맞습니다. 요즘 그 효과를 보고 있는데요. 제가 늘 추구하는 긍정의 표현과 생각, 마음가짐과는 조금 다르게 다가옵니다. 긍정의 확언은 더욱 강력합니다. 그것도 매일 하는 것은.

저의 긍정의 확언 중 한 가지는 "나는 선한 향기가 나는 사람이다."입니다. 효과가 있습니다. 화가 줄어듭니다. 예전 같으면 화났을 법한 일들이 어제, 그리고 오늘 있었는데 새벽 기상을 하면서 수시로 뱉었던 이 문장이 순간순간 생각이 났습니다. '그래, 난 선한 향기가 나는 사람인데, 내가 이 상황을, 저 사람을 더욱 품어야지.'라는 생각이 들었습니다. 그렇게 불끈 올라오는 화가 힘을 잃었고, 전 상대방을 품었습니다.

예전에도 가능은 했어요. 속으로는 화딱지가 나지만, 겉으로는 애써 침착한 '척'하며 대했습니다. 따뜻한 '온'에서 차갑디 차가워진 '냉'으로 바뀐 나의 에너지를 있는 그대로 상대방에게 흘려보냈습니다. 하지만 지금은 제가 매일 뱉는 긍정의 확언 덕분에 '냉'해지지 않고 '온'으로 더욱 품기 위해 노력합니다. 그렇게 저는 제가 매일 뱉는 말들에 대한 책임을 지게 되었습니다. 한 뼘 더 성장하는 순간입니다.

긍정의 확언을 매일 기록으로 남겨보세요.
"고맙습니다. 당신 덕분입니다."

2021.02.09. 화. pm 7:20 글을 쓰다.

8 _ 새벽 설계자

"새벽 시간을 이용해 이루고자 하는 큰 덩어리의 목표를 정
하는 것이 큰 동기부여가 된다."
『성과를 지배하는 바인더의 힘』 중에서

책을 읽으며, 나의 큰 덩어리 목표는 무엇일까? 정리해보니, 첫
번째 경제 독서, 두 번째 경제 공부, 세 번째 체력 관리입니다.

새벽 4시 30분. 이 시간에 일어난 지 벌써 한 달이 넘어가고 있
습니다. 인체의 신비를 느낍니다. 미라클 모닝을 그토록 원했지만,
수년간 잘되지 않았는데 새벽을 맞이하는 게 이제는 일상이 되었습
니다. 새벽 기상을 하는 분들이 계시는 걸 모르고 들어갔던 독서 모
임 덕분입니다. 함께 하는 힘, 동기부여의 원천입니다.

저의 새벽 루틴은 이렇습니다. 제일 먼저 한 시간 동안 독서 모
임의 필독서를 읽습니다. 읽은 후에는 인상 깊었던 부분들을 사진
으로 찍어 모임의 온라인 카페에 인증을 남깁니다. 2주간에 걸쳐
읽어야 하는 지정도서를 미리 완독한 경우에는 개인적으로 지정한
이달의 책을 동일한 시간에 읽습니다. 지금 연휴 기간 동안에는 새
벽 독서 1+1을 시도하고 있습니다. 제가 지정한 책과 어느새 잊어

버린 내용을 복습하기 위한 책 읽기가 그것입니다. 오늘은 한 권 읽는 것만 가능했어요. 내일은 1+1 독서를 다시 시도하려고 합니다.

그다음 루틴은 운동입니다. 책 읽기가 끝나면 세상이 밝아옵니다. 세상이 밝아지면 집 앞 공원으로 나가 운동을 합니다. 요즘에는 운동하면서 경제 공부하는 재미에 푹 빠져있어요. 작년에는 아침운동 습관을 들이기 위해 동기부여 영상들을 보았습니다. 영상을 통해 자연스레 동기부여가 되니 매일 하기로 한 나와의 약속, 공복 운동이 더욱 힘차졌습니다.

혼자 하다 보면 아침마다 나갈까 말까, 갈등의 연속인데 듣고 싶은 영상을 공원 트랙을 돌 때만 듣자! 라고 지정해두니 밖으로 나가야만 하는 이유가 생깁니다. 밖으로 나가야 좋아하는 영상을 볼 수 있으니!

그때 들은 것이 북튜버 '우기부기TV' 입니다. 책 이야기를 매일 듣고 또 듣고, 들은 것을 반복해서 들었어요. 더 이상 영상이 새로운 것이 없어지니 우기부기님의 영어 학습 관련 영상을 들었습니다. 영어 공부할 시간이 아침에 확보되었습니다. 따라 하며 중얼중얼, 그렇게 트랙을 한참 돕니다. 자연스레 섀도잉이 되고 외부라서 큰 소리로 말할 수도 있고, 일석이조입니다. 그 후에는 '체인지 그라운드'를 들었고, 요즘엔 '삼프로TV' 라이브 방송을 듣습니다. 좋아하는 영상을, 필요한 공부를 하기 위해 밖으로 나갈 이유를 만들어주는 것은 행동의 동기가 됩니다.

그다음 루틴은, 경제 신문 읽기입니다. 한 시간 동안 2개 매체의 종이 신문을 읽습니다. 펄럭거리며 신문 읽는 재미가 쏠쏠합니다. 잉크 냄새를 맡으며 추억에 빠지기도 합니다. 지난 1월 중순부터 읽기 시작했는데 재밌습니다. 신문에서 읽었던 내용이 우연히 다른 곳에서 들리게 되면 혼자 아는 척을 하는 것도 재밌습니다. 그리고 같은 신문을 읽고 포스팅하는 분의 글을 볼 때도 재밌습니다. 제가 놓친 부분을 그 포스팅을 보며 공부할 수도 있습니다.

새벽 기상을 하려면 취침 시간이 빨라야 합니다. 저도 밤 10시 30분에는 자려고 노력해요. 그렇지 않고 늦게 잠들면 다음 날 오후를 버텨낼 수가 없습니다. 몸이 피곤하면 화가 나고 짜증이 납니다. 웃음도 사라집니다. 흥이 넘치는 제가 범사에 무덤덤해집니다. 그래서 컨디션 조절은 필수입니다. 수면시간이 부족한 날에는 오후에 달달한 캔커피로 전두엽을 강제 활성화 시켜줍니다. 그렇게 달달한 커피와 함께 하는 오후는 지방 증량이 덤으로 따라옵니다.

미라클 모닝, 새벽 기상. 반드시 할 필요는 없습니다. 그때 상황과 컨디션에 맞춰 자기 성장을 매일 하면 됩니다. 중요한 건 어제보다 오늘 더 성장하는 것입니다. 새벽 기상을 수단으로 이용해야하는데 그 자체가 목표가 되어버리면 달성되지 않았을 때 좌절하고, 자책하게 됩니다. 그런데 그럴 필요가 전혀 없습니다. 앞서 말한 대로 우리는 매일 더 성장하는 것이 목표이기 때문입니다. 깨어 있는 시간 동안 열심히 움직여서 어제보다 더 나은 오늘의 내가 되면 됩니다. 그뿐입니다.

그런데 새벽 기상, 해보니 좋습니다. 그리고 함께 하는 사람들이 있어서 더욱 좋습니다. 혼자 할 때는 깜깜한 새벽에 나만 깨어 있는 것 같은 느낌이 들어서 유혹에 넘어가기 쉬운데 새벽에 일어나서 할 일이 생기고 함께 하는 분들과 서로 인사를 나누게 되니 일어날 수 있게 됩니다. 그리고 그것은 인생의 목표와 연결된 이유가 생긴 덕분이기도 합니다. 그동안은 의지가 약했던 게 아니라 일찍 일어나야 할 분명한 이유가 없었던 것이었습니다. 평온한 삶에 위기를 느끼니 분명한 이유가 비로소 생겼습니다.

새벽 기상이 뜻대로 되지 않는다고 해서 '나는 의지가 약한 사람인가 보다.'라는 프레임에 스스로 가두지 않으시길 바랍니다. 가두게 되면 내가 나를 아프게 합니다. 한심하게 생각하게 됩니다. 스스로가 미워집니다. '나는 원래 그런 사람이야.'라는 생각으로 유리벽을 만들어버리고 그 안에 갇히게 됩니다. 의지가 약한 것이 아니라, 분명한 이유가 없을 뿐입니다. 원래 기상하던 시간보다 30분 혹은 1시간 일찍 기상하고자 하는 마음이 생긴 것부터가 이미 당신은 의지가 강한 사람입니다.

새벽 시간 설계를 위한 큰 덩어리의 목표를 한 개씩 그려보세요. 당신의 꿈을 이루어 갈 쌩쌩한 새벽 기상을 응원합니다.

2021.02.11. 목. pm 8:40 글을 쓰다.

6시를 두 번 만나는 사람이
세상을 지배한다.
생각의 비밀, 김승호

정지해 있으면 정지 상태를 계속 유지하려 한다.
움직이면 움직이는 상태를 계속 유지하려 한다.

멈추어 있을 것인가, 조금씩 전진할 것인가.

관성에는 정지 관성과 운동 관성이 있습니다. 과학책에서 볼 수 있는 용어지만, 우리네 삶의 모습에서도 그대로 좋은 습관은 좋은 방향으로 이끌어주는 운동 관성이 되고, 나쁜 습관은 나쁜 방향으로 끌고 가는 운동 관성이 됩니다. 아무것도 안 하는 것은 정지 관성이 적용됩니다.

관성은 질량의 크기에 비례하는데, 시간이 없어서, 너무 바빠서, 귀찮아서 등의 이유로 마땅히 해야 할 일을 미루거나 안 하는 것은 멈추어 있고 싶은 질량이 큰 것입니다. 반면, 나쁜 것은 개선하고 새로운 것을 배우고 계발을 하는 것은 전진하고자 하는 질량이 큰 것입니다.

습관만큼 관성의 법칙을 제대로 빗대 볼 수 있는 것도 없습니다. 좋고, 나쁘고를 떠나 한 번 내 몸에 익숙해져 버린 습관은 관성적으로 움직입니다. 계속 그것을 유지하려고 합니다. 이는 '생각하는 습관'에서도 다르지 않습니다. '나쁜 생각이 꼬리에 꼬리를 문다'라는 말처럼 한 번 그쪽으로 빠지게 되면 계속 유지하려는 힘이 생겨버립니다. 그래서 생각을 할 때도 늘 경계해야 합니다. 어느 순간 방향을 잃은 채 표류하고 있는 무의식의 흐름을 인지하며 목표를 향한 올바른 좌표를 찍어줘야 합니다.

좋은 습관을 다 가지고 있다고 해서 모두 성공할 수는 없지만, 성공한 사람들은 모두 좋은 습관을 가지고 있습니다. 그들의 공통된 습관이 무엇인지 관찰하고 벤치마킹하면서, 그들이 그것들을 얼마나 지속하고 꾸준하게 해냈는지에 대해 주의 깊게 살펴봐야 합니다.

좋은 습관을 반복적으로 지속할 때 그 힘은 더욱 커집니다. 그리고 그것은 나를 올려줍니다. 성공의 계단에서 한 계단씩 올라가게 해줍니다.

"희망을 가져야 한다. 습관은 연습과 반복을 통해서 학습할 수 있기 때문이다."
『고교중퇴 배달부 연봉 1억 메신저 되다』 중에서

희망적입니다. 사실 늘 희망적이었습니다. 습관은 연습과 반복을 통해서 이뤄지므로 희망을 가져도 된다는 저자의 말이 위로가 되고, 동시에 희망이 없다고 생각했던 과거가 떠올라 반성했습니다.

"희망 ⊂ 연습과 반복 ⊂ 습관 ⊂ 성공"

성공으로 이끌어주고 희망을 주는 습관의 힘은 누구나 가질 수 있습니다. 매일 1,440분이라는 시간이 하루라는 통장을 통해 누구에게나 입금되는 것과 같습니다. 그래서 우리 모두 희망적입니다.

좋은 행동이 습관이 되는 걸 언제 알 수 있을지 생각해 보았습니다.

관성의 법칙이 적용되어 내가 그것을 하기 위해 의식적으로 생각하지 않아도 될 때, 내 몸이 알아서 할 때 비로소 습관이 생겼다고 할 수 있습니다. 가끔이지만 알람이 울리기 전에 눈이 저절로 떠질 때 스스로 놀랍니다.

또한 좋은 행동이 더 이상 목표 설정 리스트에서 보이지 않을 때 좋은 습관이 된 것입니다. 미라클 모닝은 이제 목표가 아니라 이미 삶의 일부가 되었고, 팔굽혀펴기 10회는 이제 목표가 아닙니다. 잠자기 전 당연히 치르는 의식이 된 것입니다. 공복 운동은 목표가 아닙니다. 기상 후 공복 상태에서 아침 공기를 맡고 좋아하는 영상을 들으며 걷고 뛰는 것은 그냥 나, 그 자체입니다. 나와 하나가 된 습관은 더 이상 목표가 아닙니다. 그게 내가 되고, 삶을 살아갈 때 함께하는 동지가 된 것입니다.

가벼운 질량의 습관부터 시작하면 됩니다. 그것은 스스로 힘이 커집니다. 힘이 커지고 질량이 커지면 굳이 의식하지 않아도 그것들은 나를 움직이게 합니다. 덩어리가 커진 좋은 습관들은 관성의 법칙에 따라 어느새 나를 높은 곳에 올려줄 것입니다.

삶의 일부가 된 좋은 습관이 있으신가요?

2021.02.12. 금. pm10:00 글을 쓰다.

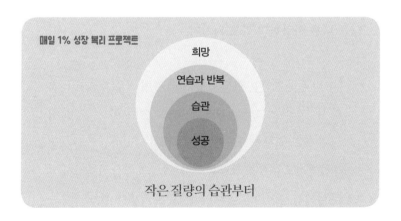

10__ 성공은 시작하는 사람에게 찾아온다

바로 실행하기.

"Just Do It."

이 슬로건 덕분에 나이키가 더욱 좋습니다.

새싹으로 시작된 나무는 어느새 아름드리 커져 있습니다. 첫 시작은 하나의 작은 씨앗부터입니다. 모든 성공은 작은 시작부터입니다. '행'하고 '불행'하고의 사이에서 성공 여부가 갈립니다.

그래서 책을 읽는 지금 이 순간, 좋은 건 바로 실행해 봅니다.

"나는 나를 사랑한다"라고 외치기.

"나는 나를 사랑하는 법을 몰랐다. 그런데 어느 책에서 나는 나를 사랑한다 라고 반복해서 외치라고 했다. 어색하지만 책에 나온 대로 실천을 해보았다. 반복해서 외쳤다.
이동하면서도 나에게 사랑을 속삭였다. 그 일을 반복하자 내 안의 잠재된 능력이 조금씩 나타나기 시작했다. 매일 새로운 아이디어가 떠오르고, 이해력이 높아지고, 표정도 밝아지기 시작했다. 이제 나는 그 사랑을 소중하게 지켜가려 한다."
「고교중퇴 배달부 연봉 1억 메신저 되다」 중에서

"나는 나를 사랑한다. 나는 내가 좋다. 나는 내가 정말 좋다."

매일 아침 긍정의 확언으로 기록하는 말입니다. 저도 저를 사랑할 줄 몰랐어요. 그렇게 해야 한다고, 매일 거울을 보며 외쳐야 한다고 숱하게 읽고 들은 말이지만 제대로 실행해 본 적은 없었습니다. 계속 밀어내기만 했으니. '이제는 마지 못해 하는 척이라도 해보자!' '척' 하다 보면 '착'하고 달라붙을 날이 오리라 생각합니다.

그래서 저는 지금 저를 사랑합니다.

"나야, 난 너를 기특하게 생각한다. 그리고 한없이 사랑한다. 넌 헤아릴 수 없을 만큼 사랑을 받아왔고, 받고 있다. 너는 정말 멋지다. 왜냐하면, 어제보다 오늘 더 성장하려 하고, 과거의 실수로부터 늘 배우기 때문이다. 너를 사랑하고, 네 곁에 있는 대장님도 너 못지 않게 사랑하고 존경한다."

작은 것부터 시작하세요. 마이크로 단위부터 시작하는 거죠. 완벽해지려고 하지 말고 바로 '행'하고 다음에 용기를 가지면 됩니다.

들은 것, 본 것, 좋은 것은 바로 행동해야 합니다.

"무언가를 성취하는 최고의 방법은 먼저 실행하는 것이다. 용기는 나중에 찾아도 된다."

"꿈을 품고 뭔가 할 수 있다면 그것을 시작하라. 새로운 일을 시작하는 용기 속에 당신의 천재성과 능력과 기적이 모두 숨어 있다."

– 괴테

"성공과 실패의 유일한 차이점은 실행력이다."

–알렉산더 그레이엄 벨

성공은, 시작하는 사람에게 찾아옵니다.

2021.02.13. 토. pm07:50 글을 쓰다.

11__ 나의 보물을 캐는 광부가 되자

"누구나 자기 안에 보물을 갖고 있다. 지식, 지혜, 생각, 관점, 가치관 등이 바로 그것이다. 그 보물을 나눠야 한다. 보물은 드러낼수록 더 빛이 나기 마련이다. 나눔으로써 드러내야 한다."

『고교중퇴 배달부 연봉 1억 메신저 되다』 중에서

나도 보물이 있나?

캘만한 게 있을까?

나한테도 누군가 배울 점이 있을까?

질문을 던지며 책을 읽었습니다.

답은,

있다. 이미 가지고 있다.

그 보물, 나도 있다.

사람은 각자의 책을 쓴다고 생각합니다. 우리의 하루하루는 페이지가 되어 한 권의 책이 만들어지고 있는 것이죠. 그래서 누구나 작가라고 생각합니다. 자기 인생을 저술하고 있는 작가.

그런 의미에서 저도 작가입니다. 누군가 당신의 직업은 무엇입니까, 지금 무슨 일을 하고 계시나요 라고 묻는다면, "저는 작가입니다. 제 인생 책을 저술하고 있습니다."라고 대답할 준비를 하고 있습니다.

각자의 페이지는 다양한 어휘로 구성됩니다. 다양한 사건으로 구성됩니다. 수많은 일이 있고, 그 속에서 깨지고 배우게 됩니다. 그 사건들을 대하는 작가의 태도나 관점의 차이에서 보는 이로 하여금 귀감이 되기도, 타산지석이 되기도 합니다.

우리네가 살아내는 인생 속에서 배우는 지식과 만나는 지혜들은 정말 다양합니다. 그렇기에 누구에게나 배울 점이 있고, 그 점은 분명 누군가에게 위로가 된다고 생각합니다. 사실 이 부분이 제게도 적용되는지 확신은 없지만 그렇게 믿고 싶습니다. 나한테도 누가 배우려고 할까? 내가 나눠줄 수 있는 게 있을까? 내가 터득한 것들을 지혜라고 할 수 있을까? 라는 질문이 생길 때 '그렇다'라고 믿고 싶습니다. 믿어야만 진짜 현실이 될 것 같거든요.

그래서 필요한 것은, 나의 보물들을 캐는 것, 캐서 다듬고 정리하는 것, 기록을 통해 남겨두는 것. 이것이 필요합니다.

결과는 과정이 있을 때 더욱 빛이 나는 것 같습니다. 대중에게 신뢰를 주기 위해서는 기록으로 남겨진 데이터가 있어야 합니다.

보물은 누구나 있습니다. 있다고 믿어보세요.

나는 보물이다.

나는 보물을 가지고 있다.

내 안에는 반짝반짝 빛나는 보석들이 많다.

내가 누군지, 어떤 경험을 했는지.

난 과거로부터 무엇을 배웠고, 지금 무엇을 배우고 있는지.

배운 것들을 어떻게 삶에 적용하고 있는지.

자기 자신을 알게 되는 것에서 보물 캐기는 시작됩니다.

반짝반짝 빛나는 수많은 보물을 가진 당신은 정말 빛이 납니다.

2021.02.14. 일. pm7:13 글을 쓰다.

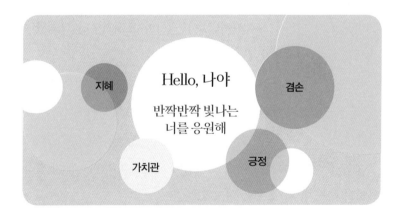

12__ 당신은 이미 빛나는 메신저다

"브렌든 버처드가 메신저 사업을 시작한 것은 회사가 미래를 보장해 주지 않기 때문도 아니고, 단순히 먹고살기 위해서도 아니다. 왜 이 일을 시작해야 하는지에 대한 명확한 비전을 갖게 되었고, 그 목표를 실현하는 삶을 살고 있다. 콘텐츠 사업은 그래야 한다. 이 일을 '왜 하는지'가 명확해야 한다. 남을 설득하기에 앞서 나부터 나를 설득해야 하는 이유가 여기에 있다."

『백만장자 메신저』 중에서

Why?

나는 왜 매일 10분씩 글쓰기를 하는가?

왜 이 일이 이토록 재미있는가?

미션으로 주어져 시작했지만, 나는 이미 오래전부터 그래왔던 것처럼 왜 당연하게 받아들이는가?

책을 읽으며 스스로 질문을 던져봅니다. 책을 읽는 것은 '!'에서 '?'로 가기 위한 길이라는 생각이 듭니다. 깨닫고 나에게 질문을 던집니다.

오늘 쓸 글의 주제에 대해 생각하며 질문을 합니다. 왜 이 일을 하려고 하는가, 왜 그 일을 하고 있는가.

사명감을 가지고, 소명을 품고 이루고자 하는 일의 시작이 되는 이 글쓰기를 왜 이토록 재밌게 하고 있는지 스스로 물어보았습니다.

대답은, '나'였습니다.
내가 가진 보물이 무엇인지, 내가 아직 캐지 못하고 있는 것이 무엇이고 강점, 약점은 무엇인지 파악해서 나를 더 알고 싶어서라고 저는 답하고 있었습니다.

생각한 대로 살지 않으면 사는 대로 생각하게 된다는 말처럼, 실은 그동안 저에 대해 깊이 생각지 못한 날이 더 많았어요. 이상과 현실의 괴리 속에서 이상에 조금이라도 더 가깝게 닿기 위해 부단히 노력했습니다. 하지만 그야말로 '나름'의 노력이었죠. 살아지는 대로 생각을 했던 나날들이 더 많았습니다.

존재 이유, 사명과 소명에 대한 이야기를 나와 대화하기 시작한 게 불과 3년이 되지 않습니다. 생각으로만 나누는 대화는 공기 중에 흐트러집니다. 나의 생각들을 글로 적음으로써 비로소 직접적인 대화가 되었습니다.

메신저.
실천적인 조언을 해주는 사람.

한 사람이 가지고 있는 경험과 지혜가 누군가에게는 반드시 위로가 된다는 말들이 들립니다. 그렇다면 내가 가진 것들도 그럴 수 있지 않을까 라는 생각합니다. 그래서인지 재밌습니다. 글쓰기가.

어느새 저는 메신저가 되는 문을 열었습니다. 감사합니다.
모든 것이.
그래서 오늘도 묵묵히 한 발자국 더 앞으로 나아가기로 합니다.
우리는 이미 빛나는 '메신저'입니다.

2021.02.15. 월. pm07:07 글을 쓰다.

13__ 기회, 지금이다

인생에서 몇 번을,
하루에도 몇 번을,
기회를 만났고, 잡았고, 흘려보냈을까.
알아보지 못했던 기회에게 미안하고,
지금 만나고 있는 기회에게 감사하다.

기회가 늘 반갑게 웃으며 오면 얼마나 좋을까요. 하지만 안타깝게도 그렇지 않은 것 같습니다. 기쁜 얼굴로 "제가 바로 그 기회예요. 빨리 저를 잡으세요."라며 제 발로 찾아오는 기회가 있을까요?

네, 있습니다. 저에게도 있었네요. 웃으며 다가왔던 그 기회.
너무나도 감사하게도 아무런 댓가 없이 투자를 받았던 기회가 있었습니다.
그리고 또…?

애석하게도, 두 발로 먼저 찾아온 기회를 만난 지난날보다 어려움과 위기 속에서 숨어 있는 기회를 찾으려 애썼던 지난날이 더 많았습니다.

"기회라는 것은 언제나 처음에는 하나의 위기로써 오게 된
다."

　─소오바

이렇게 매일 10분 글쓰기라는 주제로 글을 쓰기 시작한 것도 기
회입니다. 특히 위기 속에서 빛나는 기회를 본능적으로 잡을 줄 알
아야 합니다.

"인생에서 성공하는 비결은 좋은 기회가 오면
즉시 받아들일 수 있는 마음가짐이 되어있는 사람이다."

　─벤자민 디즈레일리

그리고 그 기회 속으로 기꺼이 들어갔다면, 혼을 다해 노력해야
합니다. 후회가 남지 않도록 목숨 다해야 합니다. 곧 쓰러질 것 같
아도 쥐어짜며 최선을 다해야 합니다.

그래야만 하는 때를 다시 만났습니다.
그 순간은 바로,
지금입니다.

2021.02.16. 화. pm.10:27 글을 쓰다.

14 _ 평범함은 빛난다

"이들은 소소해 보이는 메시지에서 출발했다. 그리고 이들
중 시작할 때부터 유명하고 부자였던 사람은 아무도 없다.
이 점이 가장 중요하다. 이들도 시작할 때는 당신과 마찬가
지로 평범했다."

『백만장자 메신저』 중에서

오늘은 '평범'이라는 단어에 꽂힙니다. 제가 지극히 평범하기에
희망이 보이는 이 글귀에 위로가 되었나 봅니다.

아주 멋진 문이 있습니다. 반짝반짝 빛이 나고, 손잡이는 심지어
금으로 되어있습니다. 이 문을 열고 들어가면 세상 멋진 일이 생길
것만 같습니다. 그리고 여기 지극히 평범한 문이 있습니다. 우리가
일상에서 흔하게 볼 수 있는 문입니다. 어디 하나 특별할 것이 없는
지극히 평범한 문입니다.

성공한 사람들은 아주 멋진 문을 열었기 때문에 성공한 것일까
요? 그들은 타고난 금 손잡이를 쥐고 있었기에 성공할 수 있었던
걸까요?

많은 책에서는 그렇지 않다고 말하며 평범한 이들을 격려해 줍

니다.

"괜찮아, 너도 할 수 있어. 그들도 작은 곳부터 시작했었어. 그래서 너도 가능해. 다만 그들이 위대해진 이유는 그들은 그저 작은 것부터 시작했고, 행동했다는 것이야. 그것만 기억해."

비범함으로 성공한 사람도 많습니다. 희망적인 건, 성공한 사람들이 모두 다 비범한 상태에서 출발한 건 절대 아니라는 사실입니다. 그러니까 저도 할 수 있고, 여러분도 할 수 있습니다. 단지 그저 작아 보이는 '그것'을 시작하면 됩니다. 너무 시시해 보이는 그것을 '렛츠 두잇'하면 됩니다. 그리고 소소해 보이는 메시지를 흘려보내지 말고 알아챌 수 있는 육감을 민감하게 열어두세요.

진짜 모를 일입니다. 세계적인 메신저가 되어 사명을 담은 소명을 이루고 동시에 경제적인, 시간적인 독립을 제가, 그리고 당신이 이루게 될 지도요.

"난 지극히 평범하지만, 빛나는 보석이다. 나는 평범하지만, 나의 지혜는 누군가에게 반드시 조언이 되고 도움이 된다."

2021.02.17. 수. pm9:13 글을 쓰다.

15__ 사명을 만나는 것은 진정한 예술이다

"메신저 산업은 세상에서 가장 열정적이고 에너지 넘치는 산업 중 하나이다. 왜 그럴까? 그 이유는 이 산업이 자기만이 가지고 있는 내면의 목소리를 찾아 세상과 나누는 일을 본질로 삼고 있기 때문이다. 무언가를 알려주고 가르쳐주는 것은 인간의 영혼을 깊숙한 곳에서부터 일깨우는 진정한 예술이다."

『백만장자 메신저』 중에서

사명과 소명에 대해 생각해 본 적이 있습니다. 저의 사명 첫 번째는, 내 삶을 정말이지 부끄럽지 않도록 알차고, 보람되게 살아내는 것입니다.

만약 내가 지금 생을 다하게 된다면 부끄럽지 않은 인생을 살았노라 라고 자신 있게 대답할 수 있을까. 대답은 '노'였습니다. 너무 편하게만 살았고, 이 세상에 자신 있게 내줄만한 반짝이는 가치를 만들어내지 못했습니다. 그리고 연이어 이런 생각이 들었습니다. 이 삶이, 내가 사는 이 삶이, 내가 그토록 원하던 삶이라면, 내가 조르고 졸라서 제대로 살아보겠다고 다짐하고 다짐해서 얻어낸 삶이라고 상상하니 지금까지 살아온 모습대로 살아가면 안 된다고 느꼈습니다.

그렇다면!
내가 그토록 원해서 얻은 삶이라면?

제가 다짐한 대로 잘 살아야 한다는 생각이 들었습니다. 그리고 내가 이렇게 아직 살아있다는 것은 내가 해야 할 일이 남아있는 거라고 생각되었습니다.

"내가 앞으로 무슨 일을 해야 그 곳으로 다시 돌아갔을 때 잘 살고 왔노라고 자신 있게 말할 수 있을까?"

저에게 물었습니다.
그리고 찾은 답은, 세상을 좀 더 풍요롭게 하는 것이었습니다. 사랑과 감사가 가득한 물질을 필요한 곳에 제공하는 것. 경제적인 사각지대에 있어 교육의 기회조차 만져 볼 수 없는 이들에게 희망과 가능성을 보여주는 것.

이것이 제가 찾은 사명이자, 소명입니다.

그래서 작년에 저는 부자가 되기로 결심했습니다. 충분히 있는 형편에서 사회에 기여하고 싶기에 제가 먼저 풍요로워지기로요. 저로부터 시작되는 풍요로움이 넘치고 넘쳐서 멀리멀리 넓게 흘러가길 바랍니다. 재단을 설립해서 공부할 수 있는 기회를 줄 수 있게 되기를 바라고, 부를 공부하고 긍정적인 가르침을 주는, 제대로 된 진짜 어른이 되는 것. 냉정한 이타주의자가 되는 것. 그런 메신저가 되기를 꿈꾸게 되었습니다.

다른 이를 변화시키고 일깨우고자 한다면(반드시 일깨워야 하는 건 아니지만, 그러고 싶다면) 나에 대한 공부가 먼저 필요하다는 것을 알게 되었습니다. 나의 내면의 목소리에 먼저 귀 기울일 줄 알아야 하고, '내 공부'가 선행되어야 합니다. 깊숙이 있는 나를 깨우고, 나는 과연 어떤 향기를 뿜어내는 소명과 사명을 가지고 살아갈 것인지 일깨워보는 지금이 되시길 바랍니다.

2021.02.18. 목. p.m7:30 글을 쓰다.

사명
내가 아직 살아있다는 것은
이 세상에서 내가 할 일이
아직 남아있다는 뜻이다.

16__ 돈 공부 시작하셨나요

"돈, 좋아하시나요?"

네! 저는 돈을 좋아해요. 많이 갖고 싶어요. 그런데 향기 나는 돈
을 갖고 싶습니다. 제가 가진 돈에서는 따뜻한 향기가 났으면 좋겠
어요. 향기로운 돈 향기 풍기는 풍요로운 제가 되고 싶어요.

어렸을 때 많이 들었던 이야기를 얼마 전 읽은 책에서 그대로 보
았습니다. 복사해서 붙여넣기가 따로 없습니다.

"돈 걱정 같은 건 아빠한테 맡기고, 넌 공부나 열심히 해라!"

『진짜 부자 가짜 부자』 중에서

돈에 대해, 가정 경제에 대해, 집의 상황에 대해 부모님께 여쭤보
면 위에 있는 말을 똑같이 들었어요. 돈 걱정 같은 건 하지 말고, 공
부나 열심히 하라고.

그래서, 어렸을 때는 돈 걱정하지 않고 살았습니다. 그렇다면 공
부는 열심히 했어야 하는데…

학창 시절에는 정말이지 돈에 대한 걱정을 안 했습니다. IMF가
오기 전까지는요.

대학생이 되고나서, 학창 시절에 가깝게 지내던 친구들과 경제적 격차를 실감하게 되었어요.

똑같은 교복을 입고 다닐 때는 알 수 없었던 경제적 격차. 그제야 내가 돈 걱정해야 한다는 것을 알게 되었어요. 그런데도 사람 마음이 간사해서인지 목구멍이 찢어질 정도로 가난한 것은 아니다 보니 편안함을 풍족함으로 착각하며 살았어요. 신기하게도 필요한 건 어디선가 우연히 생기고, 채워졌어요. 운이 따라주니 굶지는 않겠구나. 팔자가 좋은 줄(?) 알았습니다.

저절로 돈이 굴러들어오는 상황을 몇 번 경험하고 미래에도 그럴 것이라는 막연한 믿음이 생겨버렸어요. 긍정이 아니라 허황된 꿈이었다고 표현하고 싶습니다. 작년에 저의 상황을 객관적으로 바라볼 계기가 있었고 직시했습니다. 이렇게 편하게 지낸다면 5년, 10년 후 그려지는 저의 모습은 절망적일 수 있겠다는 생각이 들었습니다. 비로소 눈에 보이기 시작했습니다.

지금이라도 깨달은 것에 위로를 삼습니다. 하루라도 빨리 깨닫게 된 것에 감사하기로 말이죠. 늦었다고 생각할 때 진짜 늦은 경우도 있지만, 내일보다는 어쨌든 오늘에라도 알고 실행할 수 있으니 감사한 일이라고 생각하니 위안이 되었습니다. 과거에 OO 했으면 내가 얼마나 많이 벌었을까라는 생각은 전혀 의미가 없어요. 과거로는 돌아가지 못하지만, 미래는 내 손으로 만들어 갈 수 있습니다. 바꿀 수 있습니다. 과거에 갇혀 지내지 않고, 현재를 묵묵히 살아가면 꿈꾸는 미래를 만들 수 있습니다.

인생에도 총량의 법칙이 적용된다고 생각합니다. 내가 편히 살아온 날들이 있었기 때문에 지금 더 바짝 살아내야 하고, 지금 부지런히 살면 미래의 삶이 더 여유로울 거라고 믿습니다. 그래서 신문을 읽고 책도 보고 강의도 들으면서 공부를 합니다. 방법을 찾고 또 찾습니다.

하지만 돈을 좇지는 않아요. 돈은 삶을 풍요롭게 하는 수단이지 목표가 아닙니다. 돈은 풍요로운 삶을 살아갈 수 있도록 돕는 좋은 친구라고 생각할 뿐입니다.

제가 직접 꾸려가는 경제 자율 주행 로드맵의 과정 속에서 목표점에 도달할 그 날은 분명하게 온다고 믿습니다. 향기 나는 돈이 많은 문을 열어보아요.

당신의 돈 공부는 시작되셨나요?

"돈은 인격체다"

『돈의 속성』 중에서

2021.02.19. 금. pm7:20 글을 쓰다.

17__ 뿌듯함을 주는 일은 천직이다

"왠지 뿌듯한 느낌, 그게 바로 당신 천직."
-'매일경제 비즈 섹션', 2021.2.18, 윤선영 연구원

신문을 보던 중, 두 단어가 들어옵니다.
뿌듯과 천직. 뿌듯함을 느끼는 일이 곧 나의 천직이라는.

과거의 저는 누구든지 저를 대신해서 할 수 있는 일을 하면서도
제가 소속된 단체의 파워로 뿌듯함을 느낀 적이 있습니다. 그리고
하는 일이나 소속된 단체의 파워, 어느 것에서도 뿌듯함을 느끼지
못하면서 꿈을 위해 버틴 적도 있었습니다.

그러나 지금은 모든 것으로부터 '뿌듯'이 뿜어져 나오는 일을 만
났습니다. 월요병이 사라지고 뇌는 빠르게 돌아가고, 할수록 내가
성장하는 일. 현재 일하는 시간 내내 '뿌듯'을 느끼고 있기에 위 기
사의 두 단어가 제 가슴에 깊이 박힌 것 같습니다.

차이가 뭘까? 과거와 지금.
곰곰이 생각해 봅니다.

"가치관과 신념."

삶 속에서 내가 실현하고 싶은 가치관과 신념이 일에서 발현될수 있는지, 아닌지에 따라 그 차이가 있다는 생각이 듭니다. 가치관과 신념은 동기가 되어 내가 지향하는 곳으로 나를 행동하게 합니다. 가치관과 신념은 나의 동기가 됩니다. 그 안에 녹아 있는 사명은 나를 깨어 있게 합니다.

아무 생각도 하지 않고 일을 한 적도 있었고, 저의 가치관과 맞지 않는 곳에서 일을 해서 병이 난 적도 있었습니다. 지금 하는 일은 나의 신념이 묻어나니 더 좋은 방향을 늘 연구하고 부족한 것은 채우려 노력하고, 더욱 긍정적인 변화를 이끌어내려고 노력하며, 매일 저도 함께 성장합니다. 성장하면서 더 좋은 어른이 되려고 노력합니다. 노력의 결과가 보일 때 뿌듯함이 느껴집니다.

과거와 지금을 비교했을 때 가장 큰 변화는 월요병이 사라졌다는 것입니다. 저의 가치관과 일치하는 일을 하니 함께 일하는 분들과 같은 목표를 품고 나아가게 됩니다. 이제 제게 직장은 더 이상 '가야만 하는 곳'이 아니라, '가고 싶은 곳'이 되었습니다. 그런 일을 만나 저의 뇌가 반짝이고 있으니, 참으로 감사합니다.

비로소 천직을 만났습니다.
뿌듯함이 뿜어져 나오는 일을 만나고 계시는지요?

일에서 의미와 보람을
느낄 줄 아는 사람은
행복하다

느껴진다면 천직을 만난 겁니다.

아니라면, 내 목표의 다음 단계를 생각해 보세요. 지금 이 과정은 나를 한 단계 올려주는 성장의 디딤판이라고 생각하세요. 그렇게 생각하고 자신을 바라볼 때 꿈을 위해 오늘도 땀 흘려 일하는 자신이 자랑스러우실 거예요.

2021.02.20. 토. pm9:55 글을 쓰다.

18__ 매일 작게 성취하고 인지하기

내 안의 가능성을 발견하고자 오늘도 '행'한다. 내면의 목소리에 귀를 기울이고 다듬어 메시지로 만들고, 그 메시지가 세상과 소통하는 수단으로 사용되기를 원한다.

그래서, 나는 무엇을 가지고 있을까?

"성취는 대단한 업적이 아니어도 된다."
『백만장자 메신저』 중에서

성취는 자신감을 일으켜 준다.

매일 성취하는 습관은 자신감을 불어넣어 주고, 자존감을 올려 준다고 합니다. 성취와 습관을 분리해 놓고 보았을 때, 성취가 크고 어렵게만 느껴집니다. 하지만 습관과 붙여 놓고 보면, 나도 할 수 있다는 가능성이 보입니다. 좋은 습관을 잘 만들어주기만 하면, 사소한 작은 습관을 지킴으로써 매일 성취하는 사람이 될 수 있습니다.

중요한 것은, 내가 계획했던 일을 해냈을 때 내가 그것을 '성취' 했음을 인지하는 것입니다. 사소한 것 하나라도 내가 '행' 해서 달성한 것이 있으면 그것을 바라보고 내가 방금 성취를 했구나! 라고 인지하는 것이 중요합니다. 이 과정은 인지부조화를 줄여줍니다.

인지부조화는 무의식에 침입한다.

인지부조화란, 사람들이 자신의 태도와 행동 따위가 서로 모순되어 양립할 수 없다고 느끼는 불균형 상태. 태도와 행동 사이의 불일치를 말합니다.

"나는 모르겠어요. 내가 가지고 있는 것이 무엇인지 모르겠어요. 내가 사람들에게 나눠 줄 수 있는 게 무엇일까요? 나는 그동안 해 낸 것이 없는 것 같아요"라고 말하는 사람들(필자 역시)이 바로 인지 부조화 상태가 아닐까 생각합니다.

분명 성취해 온 것들이 있고, 성공해 나가는 게 있는데도 인지하지 못하고 데이터로 남아 있지 않으니, 난 그저 그런 사람, 난 별 볼일 없는 사람이라는 인식이 무의식에 박힙니다. 내가 성취하는 행동과 내가 나를 부정하는 인지 사이에 부조화가 생기는 것입니다.

누구나 자신만의 보석을 가지고 있으며, 매일 성취하는 것들이 있습니다. 그 결과물을 스스로 인지하지 못할 뿐입니다.

나를 제대로 인지하는 것은 모든 것의 출발점이다.

나의 보석을 찾는 출발은 여기서 시작됩니다. 여기가 시작점입니다. 내가 매일 성취하는 것을 인지하는 것! 대단한 것이 아니어도 됩니다. 아주 사소한 것부터 인지하면 됩니다. 그리고 그것을 기록해보세요. 기록이 쌓이면 그것은 또 다른 성취물이 됩니다. 매일 기록하는 것이 애초에 쉽지 않은 일이기에 데이터가 쌓였다는 것은 또 하나의 나의 보물이 생기는 것입니다.

저도 다시 생각해 봅니다. 제가 매일 성취하고 있는 것들을 제대로 인지하고 있는지. 혹시라도 흘려보내 버리는 귀한 성취물들이 있는 건 아닌지 매 순간 저에게 집중해 보기로 합니다.

2021.02.21. 일. pm10:37 글을 쓰다.

19 _ 좋은 질문은 좋은 답을 만난다

"성실하고 다른 사람들을 배려하고 도와주면서 사는 사람들. 미래는 이런 사람들의 편이라고 생각한다. 본받을만한 삶을 살면서 다른 이들을 도와주는 사람들은 사업의 번창과 풍요를 누리게 될 것이다."

『백만장자 메신저』 중에서

좋은 사람을 꿈꾸지는 않았습니다. 좋은 사람이라는 의미 또한 다양한 각도에서 의미가 다양해집니다. 마냥 퍼주는 사람, 많이 웃어주는 사람, 친절한 사람, 필요한 것을 내게 주는 사람, 나를 좋아해 주는 사람, 나에게 싫은 소리 안 하는 사람, 도움이 필요할 때면 언제든 손을 내밀어 주는 사람 등등.

난 좋은 사람이었을까?

과거를 돌아보며 제가 추구했던 'GOOD'이라는 의미와 앞으로 지향해야 할 'GOOD'의 방향을 점검해봅니다. 여기서 말하고자 하는 것은 롤모델입니다. 나는 누군가에게 롤모델이 될 수 있을 것인가, 어떤 롤모델이 되고 싶고, 될 수 있을 것인가.

그래서 질문 몇 가지에 답해보며 궁리해봅니다.

"좋은 질문은 좋은 답을 내어준다."

『백만장자 메신저』 중에서

사람들이 나를 존경할 만한 이유가 있다면 무엇인가?

좋은 인생을 살기 위해 지켜온 원칙은 무엇인가?

나를 좋은 사람으로 만들어주는 나의 장점은 무엇인가?

이 질문에 답을 할 수 있다면 나는 좋은 롤모델이 될 수 있을까?

무엇을 해나갈 때 그것이 가능할까?

제가 저를 알아가는 미션은 계속됩니다. 답을 못한 것도 있고, 짧게 답한 것도 있습니다. 분명한 건 작년보다 대답할 수 있는 답이 많아졌습니다. 길어진 답변만큼 성장한 것이죠. 몇 개월 후, 혹은 1년 후의 저의 답변이 어떻게 달라져 있을지 기대됩니다.

2021.02.24. 수. pm9:45 글을 쓰다.

20___ 도움을 줄 수 있는 것이 곧 나의 브랜드가 된다

"당신이 흥미로워하는 주제에 흥미를 가진 사람은 누구인
가? 당신이 배우고 싶어 하는 주제를 마찬가지로 배우고 싶
어 하는 사람은 누구인가? 당신과 비슷한 인생의 굴곡을 겪
은 이들은 누구인가?"

『백만장자 메신저』 중에서

무엇보다 눈에 들어오는 문구가 있었습니다. 내가 배우고 싶어
하는 것, 배우고 싶은 것이 나의 주제가 되고 타인에게 도움이 될
수 있다는 것. 이는 내가 알고 싶고, 내게 필요한 것은 어떤 이에게
분명 도움이 된다는 확신에서 시작됩니다.

'나는 나의 주제를 찾을 수 있을까?'
작년에도 동일한 질문을 던지며 'WHAT'에 대한 답을 찾고자 했
습니다. 그리고 오늘 또 묻습니다. 그럼에도 명확한 답은 제 앞에
나타나지 않았습니다.
나에 대한 주제를 찾기가 나는 왜 이토록 어려울까.
퍼스널 브랜딩에 대한 이야기들이 쏟아져 나오는 시대를 살고
있지만, 무엇으로 브랜딩 할 수 있을지 꽤 오랫동안 찾아보았지만,
해답은 여전히 오리무중 상태입니다.

그래서 접근법을 바꿔보았습니다.

배우고 싶은 것은 내가 못하는 것.

배우고 싶은 것은 제가 못하는 것이라 생각하면 못하기 때문에, 모르기 때문에 공부하고 연구하면 그것이 저의 주제가 됩니다. 내가 못했던 것은 누군가도 분명 어려움을 느끼고 있을 터이니 내가 모르는 것, 배우고 싶은 것을 습득하는 방법을 깨친다면 그것은 누군가에게도 분명 도움이 됩니다.

'배우고 싶은 것은 무엇인가? = 못하는 것은 무엇인가?'

질문에 대한 답을 찾아가 봅니다.

그렇게 하면 드디어 나는 나의, 나만의 주제를 알아볼 수 있을까요?

아, 그런데 문득 떠오릅니다.

열두 살에 부자가 된 키라의 친구 '머니'가 이런 말을 합니다.

"어른들은 본인이 잘하는 일보다 못하는 것에 집중하며 시간을 보내지."

아, 이런… 다시 원점인가요. 못하는 것을 잘하기 위해 노력하지 말고 내가 잘하는 것이 무엇인지 생각해 보고 강점을 키우도록 해야 할까요.

나의 주제 찾기가 이래서 참 어렵습니다.

당신의 브랜딩 주제는 무엇인가요?

2021.02.25. 목. pm7:50 글을 쓰다.

2장

리더가 되는 문

1__ 경청: 경청을 잘 하는가

"섬기는 리더는 말로 표현된 것이나 그렇지 않은 것 모두에
귀 기울인다."

—삼성경제연구소

제게는 어떤 상황에서의 흐르는 공기, 몸짓, 표정을 잘 알아채는
특별한 능력이 있습니다. 어떤 상황에서든 모든 것에 집중하고 귀
를 기울입니다. 사실 잘 알아챈다는 것은 혼자만의 착각일 수도 있
지만 정말 무던한 사람들보다는 조금 더 예민하게 알아채는 편입니
다. 이 재능은 장점일까요, 단점일까요.

생각하기 나름이지만, 눈치 빠르게 대응할 수 있어서 좋고, 눈치
가 빠르다 보니 혼자서만 감지하는 것들이 많습니다. 이는 때로, 그

리고 자주 저를 힘들게 하기도 합니다. 혼자만 대응하게 되거든요. 반응 속도가 빠르다 보니 주변을 챙기는 것은 저의 몫이 됩니다. 중재를 하거나, 몸을 사리거나, 또는 위험이 뻔히 보이는 것을 택하지 않습니다. 몸을 사리게 되죠.

저는 경청을 잘하는 편이라고 생각합니다. 제 이야기를 하는 것이 어려우니 다른 사람들의 말을 더 많이 듣게 되고, 그것이 경청하는 자세처럼 보이기도 합니다. 경청을 잘한다고 자부했는데 이 또한 착각이 아닌가 스스로 점검해봅니다.

상대방의 말에 온전히 집중하고 있는지, 이야기를 들으며 그와 비슷했던 나의 경험을 머릿속에 떠올리며 듣고 내 경험도 말하고 싶어서 입이 근질근질하지는 않는지.

경청은 다른 사람의 이야기를 잘 들어주고 공감해 주며, 끄덕이면 됩니다. 매번 해결책을 내어주려고 하지 않아도 되고요. 조용히 듣고 말하는 이의 마음과 상황을 함께 느끼는 것만으로도 충분합니다.

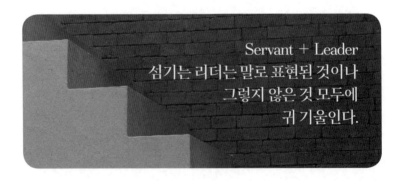

Servant + Leader
섬기는 리더는 말로 표현된 것이나
그렇지 않은 것 모두에
귀 기울인다.

잘 들어주는 건 때로 누군가에겐 참 어렵습니다.

"그건 힘든 것도 아니야. 라떼는 말이야~"

"어머 그랬구나. 나도 그랬어. 얼마나 힘들었는지 몰라. 말도 마."

상대방의 이야기를 듣다보면 어느 새 화자와 청자가 바뀌기도 합니다.

경청하는 태도는 점검과 피드백을 통해 학습이 가능합니다. 섬기는 리더가 되기 위한 준비의 첫 발걸음입니다. 어느새 화자가 되어 있진 않은지, 상대방의 이야기를 들으면서 다음에 내가 할 이야기를 생각하며 듣고 있진 않은지 점검해보는 오늘이 되어야겠습니다.

2021.03.01 월 pm10:35 글을 쓰다.

2__ 공감 : 공감하는 자세를 가졌는가

공감하면 또 제가 빠질 수 없습니다. 공감력은 최우수 등급 A++ 이라고 자부합니다. 역지사지가 되고 측은지심이 되는 까닭이죠. 누가 울면 같이 울고, 웃으면 함께 웃고. 굳이 표현하지 않는 감정까지도 읽어 냅니다. 눈썹, 눈동자, 얼굴색 등으로 말이죠. 관찰력이 있는 까닭이기도 합니다.

공감이란.

"공감 테마의 소유자는 주위 사람들의 감정을 매우 잘 느낀
다. 다른 사람들의 감정을 마치 자신의 감정처럼 느낄 수 있
다. 직관적으로 상대방의 눈으로 세상을 볼 수 있기 때문에
그들은 다른 사람들의 시각을 공유할 수 있다.

공감 테마의 소유자는 상대방이 말하지 않아도, 무엇을 궁금
해하고, 어떤 것이 필요한지 예측할 수 있다. 사람들이 감정
을 어떻게 표현해야 할지 몰라 고민할 때도 당신은 적절한
단어는 물론 적절한 어조까지 찾아내곤 한다."

『위대한 나의 발견, 강점혁명』 중에서

『위대한 나의 발견, 강점혁명』 책에서는 ID를 받아서 강점을 찾
는 테스트를 할 수 있는데, 의외였습니다. 테스트 결과 '공감'은 저
의 강점이 아니었어요. 위 내용의 문장 하나하나가 그냥 저 자체인
데 말이죠. 그래서 스스로 돌아보았습니다. 내가 정말 공감을 잘하
는 것이 맞는가.

뛰어난 공감력은 재능일까, 벌칙일까?

공감력이 뛰어나다는 것은 외로운 것이기도 합니다. 같은 공간에서 같은 공기를 마시며 같은 이야기를 나누더라도 나 홀로 알아채는 것들이 생기기 때문입니다. 필요한 것을 먼저 챙겨주고, 다음 상황까지 예측이 되니 미리 준비해주고. 다른 이들은 느끼지 못한 것들을 혼자만 공감하는 것들이 많기에 가끔, 외롭습니다. 그리고 중재를 위해 어떤 이의 입장과 상황을 제가 대신 설명해 줄 때도 비일비재합니다.

원인과 결과를 찾는 걸 꽤 좋아하는 저는, 이번에도 원인을 찾아봅니다. 난 왜 공감력이 우수한 것일까? (테스트 결과는 저의 생각을 인정하지 않지만요).

제가 찾은 결론은, 지금껏 살아오며 많은 일을 겪었고, 겪은 만큼 다양한 감정을 경험한 덕분이었습니다. 많은 일들, 다양한 감정들을 경험했기에 저의 감정 스펙트럼을 넓혀 주었다는 생각이 들었어요. 그럼 과연 이것은 재능일까요, 벌칙일까요.

많은 것들이 먼저 보이고, 먼저 느껴지고, 그래서 먼저 챙기게 되고 알려주는 과정들 속에서 하늘이 제게 준 벌인가라는 생각이 들었던 적이 있습니다. 하지만 금세 저의 특기가 발휘됩니다. 이건 벌칙이 아니라 선물이다.

재능으로 생각하기로 했습니다. 더 넓은 의미에서는 어쩜 사명이 아닌가 싶기도 하고요. 많은 감정을 경험한 만큼 비슷한 일을 겪고 있는 사람들에게 위로가 되어주라는. 조언, 충고가 아니라 그저 끄덕이며 이야기를 들어주고 함께 느껴주라는.

단지 그 뿐이면 되는 저만의 사명 말이죠.

2021.03.02 화 pm 07:00 글을 쓰다.

My life is present.
스스로를 빛나게 할 때
우리는 다른 사람들도 빛나게 한다.

3__ 치유 : 치유의 힘을 가졌는가

"섬기는 리더가 보여주는 가장 강력한 영향력 가운데 하나
는 사람들이 갖고 있는 상처와 고통의 치유에 관심을 갖고

있다는 것이다."

—삼성경제연구소

우리는 다른 사람에 대해 점점 관심이 없어지는 사회를 살아가고 있습니다. 개인주의가 당연시되는 사회에서, 기쁜 일도 굳이 공유하지 않는 사회에서 다른 이의 상처와 고통을 치유까지 해야 하는 리더라니.

치유의 힘에 대한 이야기는 섬기는 리더가 되고자 하는 사람들에게 해당하는 이야기인데요.

문제가 있는 관계는 분명 원인이 존재합니다. 관계는 나와 다른 이의 관계뿐 아니라 나 스스로와의 관계도 포함됩니다. 문제를 해결하기 위한 방법으로는 아래 같은 방법이 있습니다.

물리적으로, 환경적으로 해결할 수 있는 문제들의 경우 원인을 제거하거나, 보충해야 할 필요가 있다면 채우면 됩니다. 이런 경우는 쉬워요.

치유가 우선 필요한 경우에는 조금 복잡합니다. 회복하는 데 시간도 오래 걸리고 원인이 발생한 지점까지 한참을 거슬러 올라가야 할 때도 있기 때문입니다. 이런 경우엔 원인이 발생한 지점의 시점까지 돌아가야 하는데 그때부터 지금까지의 '유턴 거리'가 발생합니다. 어제 발생한 일이라면 하루만큼 돌아가면 됩니다. 그런데 1년, 5년, 10년 동안 쌓인 상처라면? 치유되고 회복되는데 그만큼의 시간이 걸립니다.

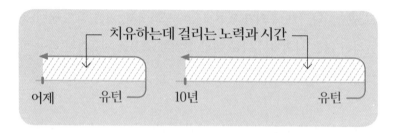

치유의 처방은 원인 파악부터 시작된다.

어떤 관계에서든 원인이 있고 결과가 따른다고 생각해요. 그렇기 때문에 저는 어떤 관계에서든 원인을 파악하는 것에 집중합니다. 앞서 이야기한 대로 물질, 환경적으로 풀 수 있는 문제는 간단하지만, 마음의 치유가 우선되어야 하는 경우에는 상대방의 모든 감정들, 그리고 성장 환경까지 세심하게 알아차려야 합니다. 그래야만 정확한 원인과 해결책이 나옵니다. 현재의 결과만 가지고 잘잘못을 판단하게 되면 근본적인 문제는 해결되지 않은 채 상처가 깊어지고 최악의 경우에는 마음의 문을 닫아버리게 되는 일이 발생하게 됩니다.

이는 보통의 세심함이 아니면 파악이 어려울 수 있어요. 섬기는 리더가 되고자 한다면 좀 더 세밀하게 관찰하고 경청하며 상대의 상황을 알아차리고자 노력해야 합니다.

우리가 치유에 더 큰 비중을 두어야 하는 이유는 무엇일까요?

물질보다는 마음의 치유, 상처를 보듬어 줄 때 관계가 더 쉽게 회복될 수 있습니다. 결과만 보며 잘잘못을 따지기보다는 한 사람 한 사람의 마음 치유가 선행되면 그 이후의 모든 것은 순조로워집니다.

우리는 모든 관계를 치유할 기회를 가지고 있다.

부모와 어린 자녀의 관계

가장 중요하게 생각하는 관계는 부모와 어린 자녀의 관계예요. 왜냐하면, 아이의 인생 전반에 걸쳐 아주 큰 영향력을 끼치면서 빨리 바로잡을 수 있고, 바로잡는데 시간이 가장 짧게 걸리기 때문입니다. 관계의 골이 깊어질수록 '회복의 유턴 거리'는 길어집니다. 유턴 거리만큼 회복의 시간도 걸리는 것이죠.

문제 행동이 있는 아동은 그 아이의 행동을 바꿔야 한다고 어른들은 생각하지만, 아이는 잘못이 없습니다. 아이는 치유가 필요한 대상인 것이고 아이는 부모의 거울이기 때문에 거울이 되는 부모를 보며 해결책을 찾아야 해요. 결과인 아이의 '문제행동'에 집중해야 하는 것이 아니고, 원인이 되는 부모의 행동으로부터 원인을 찾고 아이의 마음이 치유될 때 우리 아이는 달라집니다.

부부관계

부부관계에서도 마찬가지로 골이 깊어질 대로 깊어진 관계는 '치유'의 힘이 절대적으로 필요합니다. 이건 내가 잘못했고, 저건 당신이 잘못했어 라는 식으로 서로의 잘못을 따지면 갈등만 더 깊어집니다. 상대방의 마음을 들여다 봐주고 배우자의 성장 환경과 현재 상황을 이해하며 "당신이 이런 점에서는 힘들었겠군요."라며 위로해 준다면 어떤 결과를 만나게 될지 생각해보세요. 서로를 보듬어 줄 수 있는 관계가 될 것입니다.

또한 자녀들이 중재와 치유의 힘을 발휘해야 합니다. 아버지의 생각을 헤아려주고, 어머니의 마음을 살펴주면서 두 분의 마음과 생각을 전달해 주는 오작교가 되어주어야 합니다.

나와의 관계

가장 중요한 관계이죠. 그 무엇보다 우선시 되어야 하는 게 나 스스로와의 관계입니다.

나는 나를 어떻게 치유해 주어야 할까요?

답은 간단합니다.

나를 사랑해 주는 것.

나를 용서하는 것.

과거에 미련을 두지 말고 흘러가게 보내주는 것.

그리고 현재의 나를 사랑하고, 미래를 기대하며 살아가는 것.

참 쉽죠?

"한 번도 아파보지 않는 조개는 아름답게 빛나는 진주를 품을 수 없다. 한 번도 아파보지 않은 사람은 인생에서 가장 찬란하게 빛나는 열매를 얻을 수 없다."

『인생을 바르게 보는 법, 놓아주는 법, 내려놓는 법』 중에서

2021.03.03 수 pm 06:55 글을 쓰다.

4__ 따뜻함과 차가움 : 따뜻한 가슴과 차가운 머리를 가졌는가

"섬기는 리더는 무작정 섬기지 않는다. 깨닫는다. Awareness. 섬기는 리더가 보여주는 결정과 태도는 그의 분명한 인식을 통해 나타나는 것들이다."

─삼성경제연구소

한참을 생각해 봅니다. 따뜻한 가슴을 가진 건 맞는데 차가운 머리라고 하니, 100% 자신할 수 없는 문제입니다.

가슴과 머리 둘 다 따뜻하면? 호구가 되기 딱입니다. 그야말로 섬기는, servant(하인)가 될 수 있죠.

> "우리는 남을 도우려 할 때 신중하게 생각하지 않고 무턱대고 행동으로 옮기곤 한다. 숫자와 이성을 들이대면 선행의 본질이 흐려진다고 생각하기 때문이다. 그 탓에 세상에 큰 변화를 일으킬 수 있는 기회도 놓치고 만다."
>
> 『냉정한 이타주의자』 중에서

저는 냉정한 이타주의자가 되는 것이 꿈이에요. 섬기는 리더 또한 이와 같아야 한다고 이야기하는 게 아닐까 생각해 봅니다. 가슴은 따뜻한 것이 확실해요. 하나는 명확하게 갖추고 있으므로 감정에 휘둘러지지 않는 이성적인 머리만 더 갖추면 되겠습니다.

한 가지만 더 갈고 닦으며 되니 이 또한 얼마나 다행스럽고 감사한 일인지요.

> "리더의 첫 번째 책임은 현실을 파악하는 것이며 '고맙다'고 치하하는 것은 가장 마지막에 해야 하는 일이다. 그리고 그

모든 중간과정에서 리더는 마치 하인과 같은 존재다."

―막스 디프리

2021.03.04 목 pm 8:20 글을 쓰다.

5__ 설득 : 설득의 힘을 가졌는가

설득이라는 분야는 제게는 자신 없는 분야입니다. 설득이 필요치 않은 일도 해보고, 필요한 일도 해봤지만 '설득'이라고 떠올렸을 때 여전히 자신이 없는 걸 보니 아직은 부족한 자질임이 분명합니다.

설득의 힘은 어디에서 나올까요?

논리적인 말솜씨

논리적인 말솜씨가 있다면 설득의 힘을 가졌다고 볼 수 있지 않을까요. 이는 적어도 설득을 위한 최소한의 필요조건이니까요. 회사에서 보고를 올릴 때, 회의할 때, 협약을 맺을 때, 동료 간의 티타임 등. 수많은 상황에서 나누는 대화에 논리적인 말솜씨가 실어주는 힘은 꽤 클 것입니다. 듣는 사람들은 설득이 될 것이고, 설득력이 있는 사람은 그 조직에서 힘이 강해집니다.

"사람들은 자신이 잘 알고 좋아하는 사람의 부탁은 더 잘 들어준다. 매력적인 사람은 자신이 원하는 것을 얻어내거나 다른 사람이 태도를 바꾸도록 하는데 더 뛰어난 설득력을 발휘한다."

『설득의 심리학』 중에서

배경이 주는 힘

설득을 하고자 하는 사람의 외모, 지식, 재산 등의 배경은 설득에 어떤 힘을 실어주게 될까요. 외모가 뛰어난 사람은 호감이 더해지고 신뢰가 생긴다는 연구결과도 있습니다. 또한 지식이 있는 사람의 말은 뒷배경이 인정되므로 설득력이 생깁니다. 어떠한 성과물로 입증된 지식인이라면 전문가라고 칭하고, 우리는 그들의 말을 신뢰하게 됩니다. 설득의 힘이 더해지는 것입니다.

재산이 많은 사람은 어떨까요. 상당한 부를 축적한 사람의 말에 우리는 어떤 반응을 보일까요. 자산가들이 부를 축적할 수 있었던 과정에서의 경험담은 늘 흥미진진하고 우리는 그들의 말을 귀담아 듣습니다. 그들의 생활 습관이나 생각 방식은 부를 이룬 중요한 요소라고 생각하고, 닮고 배우고자 그들의 말에 초집중을 합니다. 배경이 되는 재산이 그들이 하는 말의 증거가 되므로 부자라는 것은 사람들에게 신뢰를 줍니다.

"네가 부자가 되면 많은 사람에게 도움을 줄 수 있을 거야.
사람들이 널 믿을 테니까."

『열두 살에 부자가 된 키라』 중에서

"섬기는 리더가 갖는 또 다른 특징은 지위의 권위에 의존하기보다는 설득에 의존한다는 점이다. 즉, 순종을 강요하기보다는 타인을 납득 시킨다. 이것은 전통적인 권위주의적 모델과 섬기는 리더를 구분 짓는 확실한 차이점이다."

— 삼성경제연구소

순종을 강요하기보다는 타인을 설득시키는 것이 섬기는 리더로서의 덕목이라고 합니다. 상하복종 관계가 아닌 진심으로 섬기는 마음과 논리적인 말솜씨, 그리고 일원에게 신뢰를 받을 만한 뒷배경이 있을 때 리더의 말은 설득되어 집니다.

자, 그렇다면 이제 제 차례인가요.

부족한 것은 갈고 닦고, 뒷배경을 튼튼하게 만들고 멋지게 섬기는 리더가 되도록 노력해야겠습니다.

2021.03.05 금 pm 7:31 글을 쓰다.

> 부드러운 말로 상대를 설득하지 못하는 사람은
> 위엄 있는 말로도 설득하지 못한다.
>
> 안톤 체호크

6__ 사고력 : 폭넓은 사고를 가졌는가

"전통적인 리더는 단기적인 목표를 성취하기 위해 에너지를
소진한다. 섬기는 리더는 좀 더 폭넓은 사고를 통해 미래에
대한 비전을 가지고 현실에 적합한 조치를 취하기 위해 노
력한다."

―삼성경제연구소

폭넓은 사고는 어떻게 발현될 수 있을까요. 위의 글귀에서는 "미
래에 대한 비전을 가지고 현실에 적합한 조치를 취하기 위해 노력
할 때"라고 이야기합니다. 그렇다면, 나는 미래에 대한 비전을 가지
고 있는지부터, 그리고 있다면 그 비전을 위해 지금 적절한 조치를
잘 취하고 있는지 보아야겠습니다.

폭넓은 사고력을 지닌 리더의 모습.

미래에 대한 비전을 가지고 있다.

비전을 향해 최적의 현재를 산다.

비전이라는 단어를 들으면 마치 대단한 것처럼 느껴집니다. 그래서 당신의 비전은 무엇입니까 라는 질문에 선뜻 대답하기 어려울 수 있습니다. 이미 자신의 비전을 만난 분들은 그 자체가 큰 행운입니다. 꿈꾸고 있는 것들을 명확하게 비전화 시키고 이를 이루기 위해 최선의 지금을 살고 있는 당신이라면 리더로서의 자질이 이미 충분합니다.

만약, 아직 비전을 만나지 못했다고 해도 스스로 의심할 필요는 없습니다. 가장 좋은 것은 가장 좋은 때에 만나기 때문입니다.

"목표의 목적은 주의를 집중하는 것이다. 목표를 설정할 때 마술은 시작된다. 목표를 설정하는 바로 그 순간, 스위치가 켜지고 물이 흐르기 시작하고 성취하려는 힘이 현실화 되는 것이다."

−윈 데이비스

2021.03.06 토 pm 10:32 글을 쓰다.

7__ 통찰력 : 통찰력을 지니고 있는가

"섬기는 리더는 자신이 갖고 있는 통찰력을 통하여 사람들
에게 과거로부터의 교훈을 이해할 수 있도록 돕는다. 그 결
과 그들로 하여금 현실을 제대로 인식하게 하며 어떤 결정으
로 인해 수반될 수 있는 미래의 결과에 대한 예측을 가능케
한다."

─삼성경제연구소

역시나 어려운 주제입니다. 통찰력이 제게도 있는지 깊이 생각
해 본 적이 없는 것 같습니다. 그렇기에 통찰력을 지니고 있는가 라
는 질문에 바로 답이 나올 리가 만무합니다. 본질을 꿰뚫어 보는 능
력은 그래서 어떤 것을 말하는 것일까요. 지금부터 노력한다면 후
천적으로 기를 수 있는 재능인지 알아보려고 합니다.

분명한 건, 이 역시 부족한 능력치라는 사실. 통찰력이 뛰어나다
는 칭찬을 들은 기억이 없습니다. 통찰력에 대해 검색해보고 공부
하고 있는 저를 발견합니다.

그래서 통찰력은 무엇이며 어떻게 키울 수 있을까요.

＊통찰력 : 예리한 관찰력으로 사물의 본질을 환히 꿰뚫어 보는 능력.

답은, "모르겠다!"입니다. 통찰력이라는 주제는 단순한 것이 아니라서 정리가 되려면 깊은 공부가 필요해 보입니다. 오늘은 '통찰력'이란 단어 하나에서 파생되는 생각들이 무궁무진함을 배웠다는 것으로 만족해야겠습니다.

> "누구에게나 통찰은 찾아온다. 60억 인류는 저마다의 통찰력을 갖고 있다. 그것을 얼마나 열심히 벼리느냐에 따라 그 수준이 달라질 뿐이다."
> 『통찰력을 키우는 여섯 단계』 중에서

배움과 독서, 사색과 사유를 통해 통찰력이 성큼 제게 찾아오기를 바랍니다. 그리고 이미 지니고 있는, 아직 명확히 깨어나지 않은 그것을 단단하고 날카롭게 벼리기로 다짐합니다.

2021.03.07 일 pm 09:43 글을 쓰다.

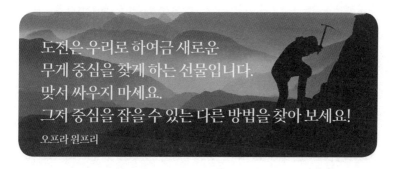

도전은 우리로 하여금 새로운 무게 중심을 찾게 하는 선물입니다. 맞서 싸우지 마세요. 그저 중심을 잡을 수 있는 다른 방법을 찾아 보세요!
오프라 윈프리

8__ 헌신 : 헌신적인 마음가짐이 되었는가

> "섬기는 리더들은 자신이 다른 사람들을 섬기기 위해 현재
> 의 직분을 맡고 있다고 생각한다. 따라서 그들에게 있어서
> 최우선적인 일은 다른 사람들을 위한 헌신이다. 그리고 다른
> 사람들을 위해 통제보다는 '개방과 설득'이라는 방법을 주로
> 사용한다."
>
> ―삼성경제연구소

　제게는 '사명'이 분명히 있다고 생각합니다. 제가 아직 살아있다
는 것은 현재의 삶에서 해야 할 일이 남아 있기 때문입니다. 그리고
이 '사명'이 '헌신'의 레벨까지 가려면 아주 깊은 지혜와 수련이 필
요하겠지만 당장은 부족하다 하더라도 적어도 누군가를 돕는 일에
제가 잘 쓰이고 싶습니다. 선한 향기를 내뿜는 일에 말이죠.

2021.03.08 월 pm 09:00 글을 쓰다.

내가 가진 것을 내주는 것은
조그만 베풂이다.
나를 헌신하는 것은 진정한 베풂이다.
칼릴 지브란

9__ 성장 : 성공을 위하는가, 성장을 위하는가

타인의 성장을 위한 이야기입니다.

"섬기는 리더는 사람들이 일하는 부분만큼 실제적인 기여를 넘어서서 본질적인 가치를 갖는다고 믿는다. 따라서 모든 구성원들이 제시한 아이디어의 제안들에 대해 관심을 표현하거나 의사결정 과정에 직원의 개입을 적극 권장한다."

—삼성경제연구소

목표를 어디에 두느냐에 따라 우리의 그릇 크기가 달라질 수 있습니다. 하나의 목표를 달성하는 성공에 목표를 두느냐, 어제보다 오늘 더 발전하는 성장에 목표를 두느냐에 따라서 말이죠. 리더로서, 구성원들의 성과에 집중하느냐, 그 내재 되어있는 본질적인 가치에 초점을 맞추느냐에 따라 조직의 색깔이 달라집니다.

"나는 ○○직업을 갖겠다.", "나는 ○○만큼의 부를 소유하겠다."

어떤 식으로는 명확하게 수치화시키고 목표 지점을 정해놓고 달성하는 것은 '성공'이라고 할 수 있습니다. '목표달성=성공'이라는 공식이 만들어지는 거죠.

성장은 어떨까요.

성장은 어제와 오늘, 그리고 내일이 세트로 움직입니다. 어제보다 오늘 더, 그리고 내일 더욱, 한 걸음씩 나날이 발전하는 것이 성장이라고 생각합니다. 물론 단기적 목표를 성공, 성취하는 것 또한 성장입니다. 그런 의미에서 성공과 성장은 통합니다.

이 둘은 관점의 출발점이 다릅니다.

"시험에서 100점을 맞았구나."

이는 성공을 이야기합니다.

"전에는 00점을 맞았는데, 이번엔 좀 더 많은 점수를 맞았구나."
또는 "시험공부 열심히 하는 모습을 보았는데, 역시 좋은 점수를 받았구나."

성장입니다. 성장은 결과를 이야기하기보다 노력했던 과정에 가치를 두고 이야기합니다.

과정과 결과, 성공과 성장의 출발점은 다르게 보이지만 이 둘을 완전히 분리할 수는 없습니다. 작은 성공이 결국 성장을 만들어내기 때문이죠.

수많은 관계 속에서 리더라는 자리에 있게 될 때, 구성원들이 성과를 만들어가고 성취를 이루는 과정에 좀 더 가치를 두기를 바래봅니다. 본질적인 가치를 발견해주고 더욱 빛나게 해줄 때 비로소 리더로서 자질이 굳건해진다고 생각합니다.

그리고 잊지 마세요. 누구와의 관계보다 우선하는 건 '나 자신과의 관계'라는 사실을요. 나는 나의 최고의 리더이며, 매일 성장하는 나를 가장 반짝이게 해줄 수 있는 존재라는 것을 말입니다.

"두려움을 추구할 때, 우리는 성장한다."
─칼 융

2021.03.09 화 pm 10:25 글을 쓰다.

10__ 함께 : 함께 걷는 리더

"빨리 가려면 혼자 가고 멀리 가려면 함께 가라."
─ 아프리카 속담

너무나도 유명한 문장이지요.
어느 곳에서나 적용되는 말입니다. 섬기는 리더는 조직 안의 구성원들이 공동체 의식을 형성할 수 있도록 노력해야 한다고 합니다.

"섬기는 리더는 조직 안에서 일하는 사람들 사이에 공동체 의식을 형성할 수 있는 수단을 찾기 위해 노력한다. 참다운

공동체란 직장에서 일하는 사람들 사이에서도 형성될 수 있
다고 생각한다."

—삼성경제연구소

직장 안에서 공동체 의식을 가져본 적 있으신가요. 동료들과 끈
끈한 공동체 의식을 가지고 있는 사람들이 얼마나 될까요. 워낙 정
이 많고, 정을 잘 주고, 정이 잘 들고, '함께'라는 의미에 큰 기쁨을
느끼는 제게 '공동체'라는 단어는 늘 가슴에 새기는 단어입니다. 하
지만 이 또한 시간이 흐를수록, 나이가 한 살이 더 들수록 조금은
덤덤해진 제가 보이기도 합니다. 그럼에도 여전히 함께 할 수 있는
팀을 그리워합니다.

최근 90년대생을 동료로 만나게 되었습니다.
딱! 정갈한 느낌이랄까요. 본인의 임무는 깔끔하고 칼같이. 군더
더기 없이 필요한 말만! 의견도 명확! 본인의 생각을 표현하는 데
거리낌이 없습니다.

'아, 90년대생은 이런 느낌이구나.'
명확한 그 동료가 참으로 마음에 듭니다.
사람마다 개별적 특성이 다르기에 어느 것이 좋고 나쁘다고 단
정 지을 수는 없습니다. 공동체 의식을 가지고 있을 수도 있고 없을

수도 있지만, 공동체 의식이 없는 사람들에게 주입 시킬 수도 없습니다. 그럼에도 섬기는 리더가 가져야 할 덕목 중 하나가 조직원들이 공동체 의식을 갖도록 노력해야 한다고 하니, 그 이유와 필요성에 관해 연구해 볼 필요가 분명 있어 보입니다.

섬기는 리더 시리즈로 열 개의 이야기를 해보았습니다. 주제 하나를 두고 이야기를 풀어가기를 해보았는데 술술 풀리는 경우도 있었고, 망망대해에 있는 것처럼 막막한 주제도 있었습니다. 분명한 건, 잘 풀리는 것과 막막했던 주제가 구별되니 저의 약점을 알게 되었다는 것이죠. 강점은 더욱 강하게 키우고, 약점은 보충할 수 있습니다. 약점은 버리고 잘하는 것에 집중해서 강점을 키우라는 관점도 있어요. 어느 것도 정답이라고 할 수는 없겠지만, 내 안에 있는 색깔들 중에 어떤 것이 선명하고, 불통명한 지 알게 되었다는 점이 상당히 고무적입니다.

앞으로도 계속 염두해두며, 연구해보겠습니다.

2021.03.10 화 pm 8:30 글을 쓰다.

3장

단련의 문

1__ 안부 : 잘 지내시지요

"잘 지내시지요? 힘든 건 없으시지요?"

며칠 전,

안부를 물어오는 지인의 말에 눈물샘이 터져버렸습니다. 웃으면서 이야기를 주고받던 중에 얼마나 당혹스러웠는지 모릅니다. 위기를 기회로 바꿔 생각해버리는 특기 덕분에 언제나처럼 꿋꿋이 지냈는데 힘든 일은 없는지 물어오는 그 목소리가 너무나 따뜻했습니다. 그 따뜻함 때문이었을까요. 무탈하게 살고 있다고 느끼는 하루하루였는데 그동안의 일들이 주마등처럼 지나가며 눈물이 주르륵 흘러버립니다.

힘들지 않다고 생각하며 바쁘게 지내 온 시간이 힘들었던 것일까요. 이렇게 바쁘게 무언가를 한다는 것 자체만으로 스스로 연민이 느껴졌을까요. 성과가 눈에 보이고 손에 잡혔다면,

"힘든 거 없어요. 요즘 얼마나 재미있는지 몰라요."라며 신나게 대답했을 것입니다. 하지만 성과는 눈에 보이지 않고 콩나물에 물 주듯이 빠져버리는 듯했던 지난 시간들이 자신 있게 괜찮다고, "I'm OK!"라고 속 시원하게 대답하지 못하는 그 상황이, 순간 슬펐습니다.

무엇을 위해, 왜 하는가.

그저, 너와 나를 위해서라고 해둡니다. 다 빠져나가는 것 같아도 콩나물은 어느새 자라나 있습니다.

안부는 뜻밖의 위로가 됩니다. 진심이 담긴 안부는 포근한 힘을 가지고 있거든요. 제가 받은 위로를 이제 또 위로가 필요한 다른 곳에 따뜻하게 흘려보내기로 합니다.

"잘 지내고 계시지요?"

"힘든 건 없으신지요?"

2021.03.11. 목. pm08:10 글을 쓰다.

행복이란 하늘이 파랗다는 것을
발견하는 것 만큼이나
쉬운 일이다.

2__ 재독 : 책은 최고의 스승이다

책을 정말 사랑합니다. 책은 제가 만나고 싶을 때면 언제든지 제가 원하는 장소에서 대면할 수 있는 유일한 스승이라고 생각합니다. 하지만 학창시절에는, 책과 친하지 않았어요. 교과서와도 데면데면했었는데 문학, 소설, 실용서 등은 오죽했을까요.

어렸을 적 같은 동네 살던 이웃 동생은 그야말로 책벌레였습니다. 책을 손에서 놓지 않고 동네 어른들의 인정을 받던, 기특한 동생의 존재가 제게는 '아~ 그런가보다'라고 정리되었었습니다. 책을 많이 읽는다고 해서 부럽지도, 이상하지도 않았었죠. 관심이 없었습니다. 안타깝게도 저는 독서의 필요성을 느끼지 못하며 자랐습니다.

고등학생 시절, 과제로 주어진 '청소년 필독서' 중에 자서전이 있었어요. 그런데 그 책은 제게 독이 되었습니다. 그 이후 책 중에서도 특히 자서전, 자기 계발서는 기피의 대상이었습니다. 어린 나이에 만난 그 자서전은, 자기 자랑뿐이었거든요. 어른들은 책을 통해 자기 자랑을 한다고 느껴져 더 이상 책을 보고 싶지 않았어요.

책을 본격적으로 읽기 시작한 건, 정확하지는 않지만 20대 중반이 막 넘었을 때부터였던 것 같습니다. 그 시점에 비슷한 책들을 운 좋게 만났는데, 책을 통해 배울 수 있다는 걸 처음 알게 되었습니다. 20대 중반을 넘어서 만나게 된 책들은 신선했고, 세상을 바라보는 관점을 변화시켰어요. 그 당시 저는 미성년자만 아닐 뿐 여전히 어리고, 나만의 가치관이 정립되어 있지 않은 상태였기에 책을 통해서 인생 전반에 영향을 미치는 가치관을 정립할 수 있었습니다. 덕분에 당신의 인생책은 무엇인가요 라는 질문에 1초도 고민하지 않고 대답할 수 있는 책이 제게도 있습니다.

새로 알게 되어 구매까지 이어진 책들은 저를 설레게 합니다. 지척에 두고 언제든 읽을 수 있는, 두고두고 다시 읽을 수 있는 책들은 가슴을 벅차게 합니다. 책을 읽고 들었던 생각들을 메모해놓은 것을 다시 읽으면 새롭습니다. '아, 내가 이때 이런 생각을 했구나. 그때 내 상황이 그랬지.' 그 당시의 상황에 따라서 메모한 내용도 달라집니다. 이게 바로 재독의 묘미죠.

재독의 장점 중 하나는, 빠르면 일주일 전, 일 년 전, 4~5년 전, 길게는 10여 년 전까지 제 생각을 거슬러 올라갈 수 있는 거예요. 그때 그 순간의 제 생각들이 책 속에 메모로 오롯이 남아 있는 덕분입니다. 그래서 처음 읽을 때와 재독하면서 사용하는 펜 색을 달리하며 기록하고, 처음에 들었던 생각과 재독할 때 드는 생각들을 비교도 해봅니다. 그러다 보면 처음에 눈에 들어왔던 구절과 다시 읽을 때 눈에 들어오는 구절이 달라지는 재미도 함께 느낍니다. 재독의 매력이죠. 1독과 재독 사이의 시간 동안 내 생각이 얼마큼 무럭무럭 자랐는지, 그대로인지 책 속의 메모들을 통해 엿볼 수 있어요.

지금도 재독 중인 책들이 있습니다. 1년 전에 읽었던 '백만장자 메신저'와 며칠 전 완독한 책을 다시 읽고 있어요. 몰입해서 읽을 수 있고 재독 할 수 있는 책들은 언제든 반갑고, 든든합니다. 이래서 독서를 끊을 수가 없습니다.

매력덩어리.
정말 감사한 스승님.

"책은 가장 조용하고 변함없는 벗이다. 책은 가장 쉽게 다가
갈 수 있고 가장 현명한 상담자이자, 가장 인내심 있는 교사
이다."

ー찰스 w. 엘리엇

2021.03.12. 금. pm9:11 글을 쓰다.

3__ 인간미 : 넘치는 매력

글을 쓰러 오기 바로 직전, 에버노트 활용법 강의를 들었습니다. 에버노트 기능들을 알려주는 강의라 딱딱하고 재미없을 수도 있는데 얼굴이 벌개지도록 내내 웃으면서 강의를 들었습니다.

인간미.

"인간미가 풍긴다."는 말을 가끔 아니면 한 번 정도 들어봤다면, 평소에 일 처리가 매우 깔끔하거나 빈틈이 없는 매사 똑 부러지는 성격의 소유자일 가능성이 큽니다. 흔히 말하는 찔러도 피 한 방울 안 나올 것 같은 사람이 어느 순간 보여주는 사람 냄새, 그 틈에서 여유가 생기고 따뜻한 인간미로 다가옵니다. 더욱 친밀하게 느껴지는 과정이죠.

이 또한 재능이자 장점입니다. 누구나 가질 수 있는 강점이 아니에요. 그래서 인간미라는 것은 매력 중의 하나입니다. 인간미가 보이며 웃음까지 함께 선물하는 것은 그야말로 타고나는 매력 중 하나입니다.

일도 잘하는데 사람의 정이 느껴지는 사람들은 보기가 흔치 않습니다. 그렇기에 매력이 될 수 있는 방증입니다. 실없는 사람이라는 표현과 비슷한 상황에서 적용될 수 있지만 풍기는 뉘앙스는 전혀 상반됩니다.

예를 들어볼까요.

인간미로 포털사이트에서 검색을 해보니 이런 제목의 기사가 검색됩니다.

"조인성, 인간미에 예능감까지… 터지는 '매력 포텐'"

조인성이라는 이름 뒤에 인간미가 붙으니, 매력으로 이어집니다. 인간미는 매력을 표현하는 방법 중 하나임이 확실합니다.

이전에는 깊이 생각해 보지 않은 의미였어요. 오늘 강의가 끝난 후 주고받는 대화들 속에서 눈에 띄는 단어가 되어 생각해보게 되었습니다. 목표한 바들을 착착 이루고 계시는 선배님이 보여주신 인간미 덕분에 강의 내내 분위기가 좋았습니다.

오늘 글쓰기를 이 단어로 쓰고 싶다는 생각이 들면서 글 말미에 내리고 싶었던 결론은, 나도 인간미 넘치는 사람이 되고 싶다! 라는 것이었어요. 그렇다면, 어찌해야 한다?! 우선, 평소에 일처리가 매우 깔끔하거나 빈틈이 없거나 매사 똑 부러지는 성격의 소유자가 되면 됩니다.

흠…. 이번 생에서는 많이 어렵지만 노력해보겠습니다. 틈이 많습니다. 많아도 너무 많습니다. 하지만 이 또한 고정 마인드셋이죠.

그렇다면 그건 내다 버리고 성장 마인드 셋을 장착!
나도 할 수 있다.
빈틈을 메꾸고
딱 부러지는 일 처리 소유자가 되어보자.
해보자!

인간미가 더해지는(플러스) 내가 되도록 하자.

2021.03.13. 토. ㎩10:10 글을 쓰다.

따뜻한 손길을
따뜻한 웃음을
따뜻한 마음을
따뜻한 대화를
건네는 내가 되고 싶다.

필자

4__ 선한 영향력(1) : 넓게 퍼지도록

"하하하."

깔깔대며 정말이지 한참을 마냥 행복하게 웃었습니다.

너무나도 재밌는 상황에 이토록 크게 웃어본 적이 얼마 만인지.

앞뒤 상황이 딱딱 들어맞았고, 모든 때가 정확했습니다.

행복한 웃음이 났고, 즐거웠습니다.

모든 순간이 찬란하게 빛났습니다.

좋은 말과 좋은 행동,

좋은 생각과 좋은 선물은 빠르면서 따뜻하게 퍼집니다.

긍정적인 웃음과 언어,

긍정적인 말과 행동을 좋아하는 이유이기도 합니다.

따뜻하게 퍼지는 선한 영향력 덕분에

오늘이 행복했습니다.

넘쳐야 흐르죠.

행복과 감사가 제게도 넘치도록 채워지길 바랍니다.

그렇게 감사하게 제가 받은 행복과 감사, 그리고

따뜻한 영향력이 넓으면서도 멀리멀리 흐르게 하고 싶습니다.

이미 받았고,

현재도 받고 있으며,

내일도 받을 것을 알고 있습니다.

가장 좋은 것은

가장 좋은 때에 만나게 됨을

확신합니다.

그렇기에

지금 만나는 모든 것은

내게 가장 좋은 것이기도 합니다.

매 순간이 행복이고

매 순간이 기적입니다.

매 순간이 사랑이고

매 순간이 선물입니다.

그렇게,

당신과 나의 매 순간은

찬란하게 빛납니다.

행복은,

하늘이 파랗다는 것을 발견하는 것만큼이나
쉬운 일이라고 해요.

오늘 하늘도 무척이나 파랬습니다.

당신과 나의 오늘도
오늘의 파란 하늘만큼이나 참 행복했습니다.
감사함이 있었고, 깨달음이 있었습니다.
감사히 받은 행복과 웃음을
선한 영향력으로
널리,
따뜻하게 퍼지도록 하겠습니다.

"사람은 남을 대하는 그 태도에서 그의 행복이 결정된다."
─플라톤

2021.03.14. 일. p.m10:20 글을 쓰다.

5__ 함께하는 힘은 강하다

룰루랄라~~

발걸음이 가볍습니다.
설레기까지 합니다.

어머나,
무슨 일이야?

다른 곳도 아니고, 집에서 운동(홈트) 할 생각에 벌써 설레기 시작합니다. 설레는 마음에는 그 때 그 시절, 금쌤과 함께 운동하는 시간들이 겹쳐집니다. 명확한 목표를 가지고 그 누구와의 경쟁이 아닌, 단지 어제의 나와 겨루며 함께 운동했던 시간들. 온전히 몰입하며 목표를 향해 집중했던 순간들이었습니다.

오늘 오랜만에 하는 운동의 시작을 앞두고 설레는 마음이 생기는 이유가 함께 운동하는 사람들이 있기 때문이라는 걸 깨닫는데 그리 오랜 시간이 걸리지 않았습니다. 같은 시간에, 같은 공간에서 하는 건 아니지만 같은 목적을 가지고 서로 응원해 주는 힘이, 점점 또렷하게 느껴졌기 때문입니다.

'함께 성장하기'

2017년부터 마음속에 품어왔습니다. 나만 잘 되는 것이 아닌 내가 잘되고, 너도 잘되고. 나로부터 흘러나오는 성장이 넓게 퍼지게 되기를, 그래서 나를 직간접적으로 만나는 사람들이 모두 함께 성장하는 그것을 꿈꿨습니다.

오늘의 설렘을 느끼고 보니, 그간 제가 가지고 있던 그 꿈은 어쩌면, 막연했던 게 아닐까 싶어졌습니다.
함께 성장하기를 꿈꾸며 선포했지만 공허했던 것 같습니다.
그래서 어쩌면, 오늘에서야 비로소 '함께하는 힘'이 가진 의미의 본질에 좀 더 가까워진 것 같습니다.

각자의 비전을 가지고 움직이지만 가장 큰 범주에서는 공통된 비전을 가진 사람들이 모인 곳은 힘이 있습니다. 이 또한 그동안은 글자로써만 막연하게 알고 있었음을 깨닫게 되었어요. 제가 그것을 '안다'라고 착각했던 것 같습니다.

그러니깐, 그건 분명 나와의 약속입니다.
각자의 목표 속에서 자유롭게 움직이는 것이므로 어느 것도 강제적이지 않습니다. 강제적인 것은, 단 한 가지 나와의 약속을 지켜내야 한다는, 바로 그것입니다.

함께 성장하기를 바라며 모였지만, 그 안에서 나를 규정할 수 있는 건 나뿐입니다. 그리고 내가 선포하고 그것을 해내고자 하는 의지를 지켜봐 주는 이들이 존재한다는 것만으로도 나와의 약속을 지켜내려는 행동에 큰 힘을 더해줍니다.

스스로 사랑하는 사람이 자기 자신과의 약속을 지켜낸다고 합니다.

저도 어쩌면,
저를 사랑하나 봅니다.

함께, 또 같이 성장하며 스스로와의 약속을 지켜냄으로써 스스로 사랑할 줄 아는 사람들이 모인 곳은 앞으로 더욱 반가워질 것 같습니다.

함께라서 행복해요.

2021.03.15. 월. pm8:50 글을 쓰다.

6 __ 기록 : 기억은 기록이 지배한다

프로젝트명은 '프라이데이'였습니다.

예전 회사의 팀장님께서 어느 날 만드셨던 건데, 매주 금요일은 업무가 아닌 자기 계발, 독서, 공부 등 제한 없이 자유롭게 무엇이든 해도 된다는 선포를 하셨어요. 일에서 벗어나서 그날 하루 동안 자기 계발에 집중하라는 말이었습니다. 단, 금요일에 하는 것들을 팀원과 공유할 수 있도록 발표하는 조건이었습니다.

참으로 멋진 리더 아닌가요?

프라이데이가 시작되고 첫 발표날, 저의 발표 주제는 '기록'이었습니다.

그 당시 제가 생각했던 기록의 중요성과 그것들이 모여서 이루게 될 모습의 이미지들을 한껏 모아 발표했습니다.

벌써 12년 전쯤 일이에요. 기록에 대한 중요성을 다소 빨리 깨달았고 그동안 긴 시간이 흘렀습니다. 그때부터 기록의 힘과 중요성에 대해 인지하고 있었어요. 그렇다면 과연, 그 결과는? 전 12년 동안 꾸준하게 기록을 하게 되었을까요?

결과는 처참하게도 꾸준히 실천하지 못했습니다. 심지어 그 발표 자료도 기록으로 남기지 못했어요. 그날이 한 번씩 생각날 때마다 폴더들을 뒤져보곤 하는데 아직까지 찾지 못했습니다.

자신만의 루틴을 가지고 기록을 잘 남겨놓는 분들이 많아요. 대단히 멋지다고 생각합니다. 그래서 저도 나만의 '기록 루틴'을 어떻게 만들어갈지 고민해 보는 시간을 가져봅니다.

기록의 성격은 다양해요.
숨 쉬듯 으레 하는 것들을 기록하는 것이 그 첫 번째입니다.
운동하고 밥 먹고 책 읽고 기상은 몇 시에 취침은 몇 시에 했는지, 오늘은 무슨 생각을 했는지, 어떤 음악을 들었는지, 슬펐는지, 기뻤는지, 행복했는지, 감사했는지. 누구를 만났고, 어떤 대화를 나누었는지. 그리고 그것이 나에게 어떤 영향을 미쳤는지.

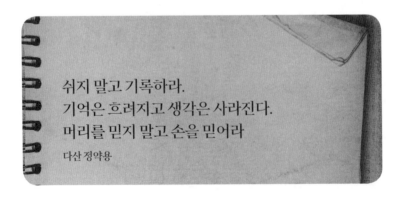

쉬지 말고 기록하라.
기억은 흐려지고 생각은 사라진다.
머리를 믿지 말고 손을 믿어라
다산 정약용

내가 숨 쉬듯 하는 이 모든 것들을 순간순간 인지하고 기록하게 되면 매 순간 감사하게 됩니다. 더욱 깊이 남아 있게 될 수 있어요. 허투루 보내는 것들이 없어집니다. 만나는 사람 한 명 한 명이 소중하고, 나누는 대화들이 내게 귀감이 됩니다.

어제와 오늘의 생각들을 기록하게 되면 내가 얼마나 성장했는지 한눈에 볼 수 있습니다. 또한 일상을 기록하는 것은, 나만 집필할 수 있는 내 인생책의 페이지를 채워 가는 것이 됩니다.

기록의 또 다른 성격은, 목표를 정하고 성취하는 일련의 과정들에 대한 것을 적는 것입니다. 성장, 성취, 성공을 기록하는 것이기 때문에 기록을 함으로써 할 일들이 좀 더 명확해지고 또렷해집니다. 목표를 이루는 과정은 반복의 연속이기 때문에, 때론 더디게 느껴지고 혼자만의 싸움에서 지루하고 힘든 순간들이 찾아올 수 있게 되는데 그럴 때 '기록'이 북돋아 주는 힘이 발휘됩니다. 매일 남겨두는 기록은 나의 성실함과 꾸준함을 누구보다 내가 먼저 보게 되죠. 내가 매일 무언가를 이뤄가는 성취감은 나를 높여줍니다. 그 것들은 복리로 쌓여서 눈덩이처럼 커지고, 우리를 성공의 언덕으로 이끌어줍니다. 영치기 영차!

드디어 소원하던 목표를 이루었을 때 그 기록은 내가 세상 밖으로 나왔을 때 나를 받쳐주는 증거가 됩니다. 내가 하는 말과 쓰는 글에 힘을 실어주게 됩니다. 기록은 대중에게 신뢰를 주게 됩니다.

그래서 난 오늘 무엇을 기록할 수 있을까?

021.03.16. 화. pm9:55 글을 쓰다.

7__ 가슴 뛰게 하는 WHY(왜)

'HOW'(어떻게)보다 우선 되어야 하는 것이 'WHY'(왜)입니다. 이 일을 왜 해야 하는지에 대해 명확한 이유가 없으면 요즘 말로 '현타'(현실 자각 타임)를 맞게 될 수도 있습니다.

바쁘게 움직이다가도 문득 이런 생각이 들 때가 있습니다.
'내가 지금 뭐 하는 거지? 난 이걸 왜 하고 있지? 이렇게까지 하는 이유가 뭐지?'

방법(HOW)이 아무리 뛰어나더라도 당위성이 확실치 않으면 표류하게 됩니다. 이정표를 잃어버리게 되는 것이죠. 하버드대학 학장을 지낸 해리 루이스가 이런 말을 했다고 합니다.

"수많은 학생이 하버드에 들어와서 쳇바퀴 돌 듯 1~2년을 허비하고 나서야 비로소 눈을 뜬다. 이 아이들은 자신이 왜 그렇게 열심히 공부했는지 알지 못한다."

『하버드 상위 1퍼센트의 비밀』 중에서

'왜'가 빠진 '열심'은 언젠가 공허해집니다.
그 '때'가 사람마다 다를 뿐, 공허함은 묵직하게 다가옵니다.

지금 가르치고 있는 학생 중에 지금 하는 공부를 '왜'하는지 알지 못한 채 부모님이 하라고 하니 억지로 하는 친구들이 있습니다. '왜'가 빠지면 동기부여가 되지 않죠. 스스로가 만든 이유가 아니니, 그저 그 시간이 어떻게든 빨리 흘러가길 바라며 귀한 시간을 마구 흘려 버립니다.

스스로 '이유'를 찾지 않는 생각 습관이 무의식에 자리 잡게 되면, 나중에 성인이 되었을 때도 스스로 생각하고 판단하기보다 부모님의 의견에 의지하게 됩니다.
"요즘엔 이런 게 좋다더라, 저런 게 좋다더라, 그런 걸 공부해봐라"라며 성인이 된 자녀들에게 지속적인(표현을 완화 시켜서) '관심'을 가져주어야 할 수도 있습니다. 어렸을 때부터 스스로 생각하는 습관을 길러줘야 하는 이유입니다. 부모님들, 어른들이 자녀, 아이들에게 모두 다 해결해주려고 하기보다는 생각하는 근력을 키워주어야 합니다.

가르친다는 것보다는 '코칭'이라는 말을 더 좋아합니다. (여기서 말하는 가르침은, 주입식 교육을 의미합니다.) 가르침과 코칭은 서 있는 위치와 각도가 다릅니다. 앞에 서서 줄 세워 따라오게 하는 게 주입식이라면, 옆에 서서 함께 하며 지지와 격려 그리고 도전하게 해주는 것이 '코칭'입니다. 코칭은 함께 걸으며 생각하게 하고 스스로 결정을 내릴 수 있게 하며 '왜'를 찾을 수 있도록 격려해 주는 것입니다. 그래서 저는 코칭을 더 좋아합니다. 그런 과정을 통해 생각 근육이 튼튼해지고 아이들이 어른이 되었을 때 주도적으로 삶을 이끌어 가게 될 가능성이 커집니다.

나만의 'WHY'를 찾아보세요.
그리고 찾게 해주세요.

"가슴 뛰는 아침을 맞이하기 위해…"
–사이먼 사이넥

2021.03.17. 수. pm9:20 글을 쓰다.

8__ 나는 타자로부터 존재한다

신선합니다.

눈이 반짝입니다.

머리가 빠르게 움직입니다.

이런 신선한 깨달음,

참 좋습니다.

오늘 깨달은, 타자는 '他者'입니다.

타자(打者)나 타자(打字)가 아닙니다.

당신에게 타인은 어떤 존재인가요?

나에게 타인은 어떤 의미일까요?

물음표는 쉽게 던질 수 있었는데 답은 쉽게 찾기 힘듭니다. 평소에 제대로 생각해보지 않는 주제이기 때문이죠. 그 답을 풀어가는 과정이 재미있습니다. 접해보지 못한 논리이기 때문입니다.

질문을 던지고 답을 찾아가는 그 시작은, '나는 훌륭한 사람인가?'라는 질문부터입니다. 만약 내가 훌륭한 사람이라면, 그 여부를 누가 평가해 주고 인정해 줄 것인가.

나 스스로가 물론 답해줄 수 있습니다.

"나야, 넌 참 훌륭해."

하지만 오늘 만난 논리(?) 또는 이론에서는 이 과정(나 혼자 스스로 칭찬 또는 평가하는)은 배제됩니다. 그렇다면?

훌륭함에 대한 평가와 인정은 타자, 타인이 인정해 주는 것이고 인간은 사회적 관계 속에서 자신을 인정받습니다. 이는 내가 훌륭한지를 인정받으려면 먼저 사회적 관계에 속해 있어야 하고, 그 안에는 타인이 존재해야 하고, 타인의 존재로 내가 인정받는 것이죠. 즉, 내가 있으려면 타인이 있어야 한다는 것입니다. 타인이 존재하면서 나를 인정해줘야 인정받는 것이고, 타인이 없으면 내 존재가 아무리 훌륭해도 그 훌륭함을 인정해 줄 대상이 없는 것이죠.

신선하지 않나요?

결국 이것은 사회적인 관계 속에서 타인과 함께 살아가야 하는 이유가 됩니다.

2021.03.19. 금. pm9:15 글을 쓰다.

나는 누군가로부터 존재한다.

9__ 울림 : Dear Future, I'm Ready!

울었다.
울렸다.
큰 진동과 함께
울렸다.

나와의 약속 때문에 쓰는 글이지만, 오늘 글은 '아무도 안 봤으면 좋겠다'라는 마음으로 씁니다.

요즘 저의 눈물샘이 고장이 났습니다. 전혀 예고 없이 아무 때나

불쑥 터집니다. 아무렇지 않은데도(아무렇지 않다고 스스로 착각한 것일 수 도) 갑자기 터집니다.

어제는 청소 중에 터져서 청소기를 돌리는 내내 울다가 멈추기를 반복했습니다. 전후로 어떤 상황이 있었던 것이 아니라 평온했었는데, 갑자기 터진 눈물에 저 스스로 적잖이 당황스러웠습니다.

"나, 어제 청소하다가 갑자기 눈물이 났어."라고 이야기하자, 나이가 든 거라고 대장은 말합니다.

분명한 건, 아무렇지 않은 게 아닌가 봅니다.
담대하다 생각했는데 그것도 아닌 것 같고.
진짜 나이 때문인가?

얼마 전에는 오랜만에 만난 지인과 반갑게 대화를 나누던 중에 요즘 잘 지내느냐, 힘든 건 없느냐는 지인의 안부에 눈물이 났습니다. 워낙 의지하는 지인이라 그랬는지, 무언가를 말하고 싶었지만, 그동안 만나지 못해 이야기하지 못한 것들이 많고, 그 이야기들을 모두 다 하기에는 지인의 시간을 너무 붙잡을 것 같고. 그렇다고 "아휴, 그럼요. 잘 지내고 있습니다."라고 명쾌하게 답하지 못하는 그 순간이 슬펐던 모양입니다.

오늘은 왜 글을 쓰는 이 시간에도 계속 눈물이 흐르고 있는지는 모르겠습니다. 눈물이 멈추지 않습니다.

오늘은 멋진 네 분의 강의를 들었습니다. 그들은 자신들이 살아온 삶의 이야기를 나누어주셨습니다. 지나온 시간 속에서 그분들이 만난, 그분들만의 '힘'을 공유해 주셨어요. 그 '힘'은 대단히 멋졌고, 강했고, 컸습니다. 각자가 집필하고 계시는 그분들만이 쓸 수 있는, 그분들의 인생책을 읽어주는 시간이었습니다. 감동이 있었고, 울림은 깊었습니다.

"Dear Future. I'm Ready!"라고 마지막에 밝게 외치시는 캘리 선생님의 말씀에 뜨거워졌고, 지금도 볼을 타고 내리는 눈물이 뜨겁습니다. 잊지 못할 것 같습니다.

"내일아, 난 준비가 됐어."라고 힘차게 외쳐본 적이 없었어요.

원래 긍정을 지향하고, 작았던 새가슴도 이제는 제법 무럭무럭 자라서 많이 담대해졌지만 캘리 선생님처럼 웃으면서 내일을 반겨본 적이 있었던가? 라고 생각하니 한 번도 진심으로 그래 본 적이 없었던 것 같습니다. 그래서 내일의 나에게 미안한 마음이 들었던 것 같아요.

오늘의 눈물은 내일의 나에 대한 미안함 때문입니다.

미안하다, 내일아.

미안했다. 내일아.

이젠, 웃으며 반겨줄게.

이제 난,

더욱 찬란하게 빛날 나의 너를 반겨줄 준비가 됐어.

여러분의 내일을 두 팔 벌려 반겨주세요.

2021.03.20. 토. pm10:45 글을 쓰다.

10__ 닮고 싶은 거울이 되자

나는 닮고 싶은 좋은 거울이 되는 사람인가.

골몰히 생각해 봅니다.

세상엔 정말 다양한 사람들이 많습니다. 성격도, 생김새도 다양합니다.

선입견 없이 사람을 대하지만, 특히 남 탓하는 사람, 부정적인 언어를 사용하는 사람은 제 주변에 없었으면 하는 바람이 있습니다. 안 좋은 이야기들을 들으며 한정되어있는 나의 에너지를 쓰고 싶지 않아서입니다. 공감되지 않는데도 고개를 끄덕이며 들어주다 보면 상대방의 부정적인 생각은 누룩처럼 번져서 어느새 나에게도 스며드는 걸 무엇보다도 경계합니다.

그렇다면 나는 상대방에게 어떤 영향을 미치고 있는가, 나는 타인이 보고 싶어 하는 거울인가, 아닌가. 가장 가까운 가족부터 범주를 넓혀가며 생각해 보았습니다.

상대방이 좋은 사람인지 아닌지를 아는 방법이 있습니다. 그 사람을 만날 때의 내 모습을 보면 됩니다. 그 사람을 만날 때의 내 모습이 좋은 모습이라면, 상대방은 좋은 사람이라는 논리입니다.

나는 과연 상대방에게 긍정의 에너지를 줄 수 있는 사람인가.
닮고 싶은 거울 같은 사람이 되고 싶습니다.
그리고 동시에, 닮고 싶은 거울을 만나서 닮아가고 싶습니다.
그렇게 되기 위해 노력합니다.
꼭 되기 위해, 스스로와 새끼손가락 걸고 약속해 봅니다.

"최고의 선생님은 무엇을 봐야 할지 알려주지 않고, 어디를 봐야 할지 알려주는 사람이다."

−Alexandre K. Trenfor

2021.03.21. 일. p.m.10:20 글을 쓰다.

11__ 짧지만 깊은 단상

"사실 사람들은 대부분 자신이 알고 있는 많은 지식들을 차근차근 살펴볼 줄도 모른다."

『백만장자 메신저』 중에서

응? 저 말인가요?

다행입니다. 대부분의 사람들이 모르는 거라니.

음… 다행인가?

언젠가는 되겠죠, 저도.

제가 가지고 있는 그 무엇을 잘 다듬고 예쁘게 선물 포장해서 사람들에게 나누어주는, 그럴 수 있는 날이 오겠죠. 진지하게 도움을 주면서 재미도 주고 감동도 주고. 똑 부러지는 것 같은데 인간미도 풍기는 그런 사람이 저도 될 수 있겠죠?

먼저 출발하신 분들이 어떻게 하시는지 곁눈질로 잘 배우며 따라가다 보면 언젠가 풍월은 읊을 수 있으리라 생각합니다. 그렇게 저도 저를 잘 만들어갈 수 있기를 희망해봅니다.

내겐 없다고 단정 짓지 말고, 이미 알고 있는 많은 지식들을 차근차근 살펴보기로, 제가 변해보기로 다짐합니다.

2021.03.22. 월. pm8:40 글을 쓰다.

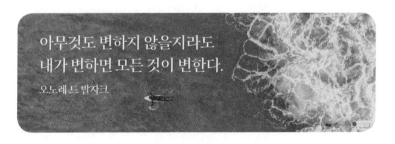

아무것도 변하지 않을지라도
내가 변하면 모든 것이 변한다.
오노레 드 발자크

12__ 매일, 매 순간을 선물 받다

살면서 이벤트에 얼마나 당첨되어 보셨나요?

저는 거의 없습니다. 5만원 당첨되었던 게 전부입니다. 이벤트도 마찬가지입니다. 당첨이 안 되는 경험이 쌓이다 보니 '넌 앞으로도 공돈(?)은 받을 수 없을 테니 꿈 깨.'라고 하늘이 제게 메시지를 보낸다는 생각하며 지냅니다.

때론 본능적으로, 직감적으로 강하게 느끼는 순간이 있습니다.
아, 이거다.
아, 지금이다.
아, 이 사람이다.
지금이 바로, 그 기회다.

무엇이든지 완벽하게 준비된 상태에서 하려다 보면 늦는 정도가 아니라, 못하게 됩니다. 제대로 된 모습을 보여주려다 손도 못 댈 수가 있어요. 그냥 어설프게, 부족하게, 부끄럽지만 일단 전진하는 겁니다. 아름드리 큰 나무도 그 시작은 작은 씨앗에서, 작은 새 싹부터 시작되었죠. 완벽한 때에 시작하기 위해 기다리고 주저했다면 오늘 만났던 뜻밖의 만남을 만날 기회가 영영 없어지거나 아주

뒤늦은 후에 만나게 되었을 거예요. 조금 부족하더라도, 아직 어설프더라도 일단 시작했기에 만날 수 있었던 행운이었음을 새삼 알게 되었습니다.

저는 큰 나무가 되고자 해요. 크고 넓은 그늘을 만들어서 누군가가 쉬어 갈 수 있는 시원한 자리를 마련해 주는 아름드리 큰 나무가 되고자 합니다. 그렇기에 뿌리내리는 시간 동안의 내가 부족하고 어설프더라도 두려워하지 말고, 부족함이 부끄러운 것이 아니라는 것을 상기하고 스스로를 격려합니다. 이렇게 제가 저를 격려하고 응원해주기 시작한 게 얼마 되지 않았습니다. 그렇기에 각성하고 있지 않으면 어느새인가 예전의 생각 습관대로 흘러가고 있는, 떠내려가고 있는 저를 발견하게 됩니다.

성장을 위한 행동에도 습관이 있지만, 무의식적으로 하게 되는 생각에도 습관이 붙기 때문에, 나의 생각이 어느 쪽으로 흘러가고 있는지 늘 체크해야 합니다. 부정적인 생각 패턴에 빠질 때마다 우리의 뒷덜미를 움켜쥐고 제동을 걸어줘야 합니다. 현재의 부족함을 인정하고, 어제의 나보다 오늘 더 성장하고 있는 나를 격려해주다 보면 우리의 뿌리는 단단하고 깊게 자리 잡을 거예요.

우리는 오늘이라는 하루를 선물 받았습니다.

선물 받은 오늘의 시간 또한 깊고도 단단하게 내려질 성장 뿌리의 양분으로 만들도록 해요.

2021.03.23. 화. pm09:50 글을 쓰다.

그늘의 나무도 때가 되면 꽃이 핀다.
출처 미상

13__ 운동으로 근육연금 쌓기

오늘 책을 읽다가 '잘하는 일은?'이라는 질문에 제가 써놓은 답이 '운동, 독서'였습니다.

운동을 좋아하지만, 모든 운동을 좋아하는 것은 아닙니다. 그리고 잘하지도 못합니다. 제일 좋아하는 건 '웨이트' 운동입니다. 웨이트로 몸을 원하는 대로 만들어가고 집중하는 시간이 좋습니다. 신나는 비트의 음악과 함께하면 더할 나위 없습니다.

9년 전쯤 처음으로 수영을 배우기 위해 새벽반에 등록했었는데 무서운 선생님 때문이었을까요, 재미를 붙이지 못했습니다. 제대로 배워보겠다고 수영복에 오리발까지 구입했는데 지금은 창고 안에 있습니다.

농구도 좋아합니다. 농구에 대해서는 아는 게 없지만, 그저 대장이 워낙 좋아하는 운동이라 대장이 갈 때면 그냥 따라갑니다. 규칙을 잘 아는 건 아니니 어떤 상황인지 물어보고 이해합니다. 저는 농구 시합을 좋아하는 게 아니라 농구공을 골대에 던져 넣는 걸 좋아해요. 팔 운동에 최고입니다. 자주 못하지만, 언젠간 집 마당에 농구대를 설치할 목표를 두고 있습니다.

테니스도 좋아합니다. 아직 배우지는 못했지만. 그런데 어떻게 좋아하는지 아느냐고요? 그냥 압니다. 본능입니다. 이건 제가 좋아할 운동입니다. 땀이 나고 사방으로 움직이고 팔로 휙휙 대체로 팔 근육 쓰는 운동을 좋아합니다. 팔을 좌우로, 위아래로 쭉쭉 뻗는 것이 좋습니다. 집 마당의 농구대 옆에 테니스장도 만들 작정입니다.

골프도 좋아함이 틀림없습니다. 역시 아직 배우지 못했어요. 작년에 배우려고 준비했는데 코로나로 인해 시작하지 못했습니다. 제가 골프 배우기를 기다려주시는 분들이 계시기에 배우는데 속도를 내려고 합니다. 올해는 테니스와 골프를 꼭 시작해야겠어요. 골프도 굉장히 잘할 것 같습니다. 제가 보기만큼이나 운동신경이 좋거든요.

요가와 필라테스도 좋아해요. 명상하고 쭉쭉 늘려주는 걸 좋아합니다. 요가는 핫요가로 시작해 본 적이 있고, 필라테스는 아직 배우지 못했는데 역시나 제겐 딱인 운동임에 틀림없어요. 본능적으로 끌리는 운동입니다. 저에 대한 메타인지가 높은 까닭이에요.

생각보다 좋아하는 운동이 많네요.
그래도 가장 좋아하는 건 웨이트 운동입니다. 모든 운동의 기본이기 때문입니다. 기반을 단단히 다져주는 걸 좋아합니다. 근육이 없으면 자세도 엉성하고, 부상 위험도 커집니다.

20년 2월, 코로나로 인해 헬스장에 못 가고 있어요. 지금 다시 여는 곳이 많아졌지만, 아직 가지는 않고 집에서 홈트로 대신합니다. 집에서 할 수 있는 웬만한 도구는 다 있습니다. 마음가짐만 준비되면 됩니다. (작성일 기준이고 지금은 헬스장에 매일 출석 중입니다.)

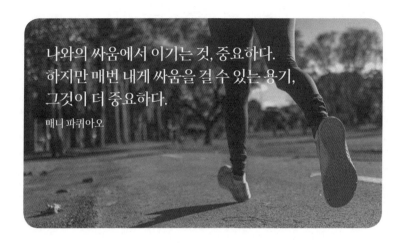

나와의 싸움에서 이기는 것, 중요하다.
하지만 매번 내게 싸움을 걸 수 있는 용기,
그것이 더 중요하다.

매니 파퀴아오

공원 트랙을 도는 조깅은 성취감이 큽니다. 반 바퀴도 못 뛰던 제가 한 바퀴를 돌기 시작하고, 두 바퀴를 돌기 시작할 무렵에는 다리를 질질 끌며 뛰지만, 어느새 세 바퀴를 돌고 있는 저를 발견하게 됩니다. 그렇게 5km를 다 돌게 되었을 때의 기쁨은 이루 말할 수 없습니다. 야외 조깅은 1km씩 늘려가는 재미도 있고, 바뀌는 계절의 냄새를 맡을 수 있는 매력도 있습니다.

운동은 연금을 쌓는거라고 생각해요. 근육연금이죠. 지금보다 세월이 훨씬 흘렀을 때 조금씩 빼서 쓸 수 있는 연금처럼. 지금 저축해두는 근육연금들이 나중에 톡톡히 효자 노릇을 하게 되리라 믿습니다.

그래서 오늘도 저는 근육연금을 쌓습니다.

내일도 재밌게,
신나게,
쉰내 나게,
근육연금 쌓기는 계속됩니다.

2021.03.24. 수. pm09:27 글을 쓰다.

14__ 온전한 몰입으로 내 안의 거인을 깨우다

"자, 집중!"

학생들에게 자주 하는 말입니다. 끊임없이 옆 친구와 이야기를 하는 학생들이 많아지다 보니 저도 덩달아 이 말을 많이 하게 됩니다. 그러면서 속으로는 생각합니다.

'나는?'

저는 집중해야 할 때, 그러니깐 반드시 꼭 몰입해야 할 때 정말 잘하고 있는지 스스로 돌아봅니다. 내가 던지는 말들이 가벼워지지 않을 수 있는 유일한 방법은, 내가 한 말을 실천하는 것입니다.

나는 하루 중 얼마큼 집중하고, 몰입하는가?
무슨 일을 할 때 가장 몰입되는가?

몰입의 시간은 정말 행복합니다. 온전히 집중하게 되면 주변에서 무슨 일이 일어나더라도 들리지도, 보이지도 않습니다. 그 순간만큼은 마치 우주가 내리쬐는 스포트라이트가 내게 비추는 느낌을 받습니다. 오로지 내 안의 나를 만날 수 있는 시간은 선물이 됩니다.

제게 가장 특별한 집중의 시간, 몰입의 시간은 운동과 독서입니다. 그리고 글쓰기. 요즘에는 오랜만에 다시 시작한 운동 덕분에 매일 저녁에 초집중의 시간을 갖습니다. 운동으로 인해 온몸에 땀이 나도 마냥 행복합니다.

한 번의 좋은 만남은 두 번째 만남을 기대하게 합니다. 두 번째 만남 이후에도 좋다면 확실해집니다. 나는 그것을, 그 상황을, 그 사람을 좋아하는 것입니다.

내게 집중할 수 있었던 몰입의 시간에 감사합니다. 그래서 내일의 만남을 또 기대합니다.

"나는 나의 목표에 몰입한다. 나는 몰입을 통해 내 안에 잠들어있는 잠재력이라는 거인을 깨운다."

─나를 위한 하루선물 중에서─

2021.03.25. 목. pm10:13 글을 쓰다.

15__ 성장 마인드 셋 장착하기

"안된다고 생각하면 되는 게 훨씬 어려워지는 거예요. 어렵다고 생각하면 어렵기만 하고, '나는 못 해요'라고 하면 진짜 못하게 되는 거야. '저는 망했어요'라고 말하면, 정말 망할 수밖에 없는 일들이 너를 쫓아오게 돼. 그래서 그런 생각들은 너에게 천장을 만들어 버려. 보이지도 않는 유리 천장 말이야. '된다, 나는 할 수 있다'라고 생각할 때 우리는 그 천장을 뚫고 나올 수 있게 된단다.

자, 이번 한 달 동안 '안돼요, 전 못해요'라는 말은 금지어예요. 망했다는 말이 하고 싶을 때는 어떻게 하라고 했죠? 'I like myself!'

를 외치는 거야. 할 수 있겠지? 자, 약속~!"

학생들에게 자주 하는 말입니다.

어려운 것, 좀 더 노력이 필요한 것에 대해 회피가 습관적으로 자리 잡은 아이들이 있습니다. 정말 그 과정이 어렵기 때문인 친구들도 있고, '어려운 것=하기 싫은 것=그래서 난 그냥 놀고 싶은 것'이라는 방정식으로 자연스레 연결되는 아이들도 있습니다. 개인적인 차이가 있기에 잘 살펴보며 처방전(?)을 내립니다. 그리고 저는 아이들을 격려해 주고, 아이들이 자신만의 방법을 찾을 수 있도록 옆에서 도와줍니다. 그것뿐입니다. "넌 충분히 할 수 있어. 난 믿어!"라고 확신에 찬 말도 함께 해줍니다.

그렇다면, 나는 내가 말하는 대로 잘 실천하고 있는가?

생각해보니 갑자기 뜨끔해집니다.

오늘 어떠한 모임에서 리더를 모집하는 공고(?)가 있었어요. 기회였습니다. 예전 같으면 단번에 생각을 접었을 텐데 이번엔 어찌된 일인지 용기를 내었어요. 이건 기회라는 본능적인 이끌림에. 물론 나를 드러내는 건 아직 두려운 양가감정이 존재합니다. 돕고 싶은 마음과 잘하고 싶은 마음이 섞이면서 순간 두려움이 올라옵니다.

'내가 과연 가능할까. 이런, 이거 일이 커지는데. 괜히 한다고 했나? 나보다 훨씬 멋진 사람이 도와야 하는 문제 아닌가? 내가 과연 가능할까? 내가?'

아이들에게 입이 닳도록 이야기하면서 정작 저에겐 적용하지 못하고 있었습니다. 진정한 언행 불일치입니다. 아이들에게 떳떳한 제가 되기 위해 두려움에 맞서야 한다는 사실을 깨닫습니다.

그래서 외칩니다.

"자, 이제 그만! STOP! 할 수 있다! 진심을 다해 하면 돼! 난 든든한 백이 있으니 믿고 나아가면 돼. 부족하면 부족한 대로 하는 거야. 해보지, 뭐!!!"

"공포를 느껴라. 그리고 그래도 도전하라."
– 수잔 제퍼스

공포를 두 팔 벌려 맞이하자.
공포를 느끼게 하는 것은 도전할 것이 있다는 것이다.

2021.03.26. 금. pm7:51 글을 쓰다.

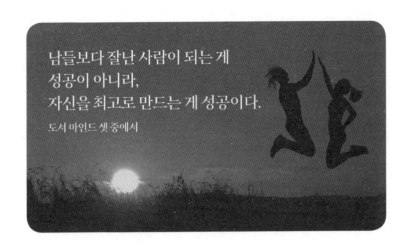

남들보다 잘난 사람이 되는 게
성공이 아니라,
자신을 최고로 만드는 게 성공이다.

도서 마인드 셋 중에서

16__ 숨 고르는 시간도 필요하다

숨 고르기가 필요한 한 달이었습니다.

복학하면서, 수업 들을 시간이 필요해졌고, 한 달 동안 운영해보면서 적절한 시간 배치가 필요했습니다. 그래서 지난 2월까지 더 바쁘게 공부하고, 이번 3월을 대비했습니다. 직접 부딪쳐야 문제점들이 드러나기 때문에 느긋하게 바라보고 있었습니다.

역시.

일단 시작해보니 문제가 드러납니다.

1주, 2주, 3주가 지나는데도 시간표는 엉망진창. 할 일들은 겹겹이 쌓여갑니다. 강의 듣는 게 미뤄지고, 미뤄지다 보니 3주 차까지 차곡차곡 쌓여만 갑니다. 이러다간 한 학기 동안 제대로 하긴 글렀다는 생각이 드는 때에 예상치 못한 자유시간이 주어졌습니다. 코로나 때문인지 덕분인지, 코앞까지 와버린 전염병으로 인해 생긴 자유시간 덕에 밀렸던 일을 간신히 처리할 수 있었습니다.

한 번 고비가 넘어가고 나니 4주 차인 이번 주, 할 일들이 일정에 맞게 적당한 위치에 자리 잡기 시작했습니다. 새벽 시간에 할 일, 오전에 할 일, 오후에 할 일, 저녁에 할 일들이 고맙게도 자기 자리를 찾게 되었습니다. 고맙다, 녀석들.

다음 달에는 지금 하는 일들에 새로운 일들이 추가됩니다. 그리고 중간고사. 이를 어쩌나. 괜히 일만 키운 것 아닌가. 다 할 수 있으려나, 걱정도 되지만 일단 해보기로 합니다. 한다고 해야, 하기로 스스로 결정해야지만 방법을 찾게 되니깐요. 방법을 찾으려고 애쓰다 보면 고리를 하나씩 풀 수 있을 것입니다. 고리를 풀어가다 보면 어느새 원하는 목적지에 도달해 있겠지요. 직접 해보지 않으면 성장을 위한 변화는 일어나지 않습니다.

자, 그렇다면

4월은 어떻게?

하다 보면 방법이 찾아지겠지요!

걱정하지 않습니다.

그저 목표에 진지하게 집중합니다.

목표는 심장을 뛰게 합니다.

"의욕적인 목표가 인생을 즐겁게 한다."

−로버트 슐러

2021.03.27. 토. pm10:25 글을 쓰다.

17__ 불편한 환경은 자아를 단련시킨다

불편했다.

꽤나 불편한 상황이었다.

딱 그랬다.

동력을 잃은 느낌이었습니다. (문장이 과거형이라는 건, 지금은 생각이 달
라졌다는 뜻이기도)

내가 왜, 내 금쪽같은 귀한 시간에 짜증 섞인 이런 이야기들을 듣고 있어야 하지? 왜?! 분노를 듣고 있는 내 귀는, 내 마음은 무슨 죄냐. 지금 내게 이 시간은 다른 걸 포기하고 사용 중인 건데. 꽤 비싼 기회비용을 치르고 있는 거라고!

어제 그 상황이 벌어지는 중에도, 상황이 종료된 지점에서도 기분이 좋지 않았습니다. 그 기분은 밤새 내 잠자리에도 끼어들었고, 오늘 아침은 개운치 않았습니다. 의문은 떠나지 않았고, 동력을 잃은 느낌에 하던 일마저 하고 싶지 않아졌습니다.

머리 식힐 방법이 필요했고, 운동도 할 겸 우산을 쓰고 밖으로 나갔습니다. 걷고 또 걸었습니다. 때로는 걷는 것이 도움이 되던데, 오늘은 아무리 걸어도 답이, 이 어지러움을 해결할 방법이 떠오르지 않았습니다. 그렇게 한 시간을 걸었습니다.

머리가 무겁긴 무거웠는지 드라이브가 하고 싶어졌습니다. 그런데 내가 먼저 가자고 해놓고선, 자리에 드러누웠습니다. 이불 속이 따뜻해서인지, 오랜만에 곤히 낮잠을 잤습니다. 자고 나서는 좀 나아졌을까요?

스트레스를 받을 땐 자고 나면 좀 개운해지던데, 오늘은 이 또한 통하지 않았습니다. 결국 생각 끝에 카페에 가서 커피 한 잔 마시며 정리를 하기로 했습니다.

단골 카페는 언제나 포근합니다. 익숙하고 반갑게 맞아주는 분들이 계시기에. 많은 사람들이 삼삼오오 모여 즐거워 보입니다. 시원한 아이스 라떼를 마시고 싶어서 주문을 했는데 평소와 다른 아이스 라떼가 나왔습니다. 아이스를 먼저 넣고, 우유를 붓고, 그 위에 에스프레소 투샷을 따라주던 방식이었는데 방식이 바뀌어서 우유와 에스프레소가 한 데 섞인 커피 우유를 받아들고 기분이 더욱 복잡해집니다.

나의 기분이 말과 행동이 되지 않게 하려고 매사 노력합니다. 그런데도 사실 쉽지가 않습니다. 하지만 그 둘을 정확히 분리해야 함을 알고 있습니다. 기분대로 행동하고 말을 내뱉다 보면 반드시 후회하는 순간이 오기 때문입니다. 좋은 기분은 널리 퍼지게 하고, 나쁜 기분이 행여라도 내 앞에 있는 상대에게 전염되지 않도록 나쁜 기분들이 삐져나오지 않도록 아주 단단히 여밉니다. 물론, 정말 편하고 의지 되는 신뢰가 깊은 상대방에게는 속상한 이야기도 하고, 화도 내곤 합니다. 그러나 군이 저의 짜증을 표출하진 않습니다. 모든 일은 너 때문이 아니고, 나 때문이라고 생각하면 누군가에게 짜증과 분노가 생길 일이 적어지기 때문입니다. 벌어진 상황에서 상대방 탓이 되기 때문에 화가 나게 됩니다. 내가 놓친 게 무엇인지, 내가 고려하지 못한 상황은 무엇인지에 집중하고 해결책을 찾는 것에 집중하다 보면 타인에게 화나거나 짜증 날 일이 적어집니다.

아침 걷기를 하던 중, 메시지 하나가 공유됩니다. 책의 한 부분입니다.

"근육을 단련하는 것처럼 자아를 단련하라고 말해주고 싶다. 무게를 견뎌야 근육이 단련되듯 불편한 환경을 견뎌야 자아도 단련된다."
−더 시스템(스콧 애덤스)

걷는 내내 이 구절을 되뇌어 봅니다. 오늘의 저에게 딱 필요한 말이었어요. 제게 필요하다고 생각되는 것은, 불편함을 느낀 상황을 제가 견디는 것임을 알게 되었다는 것이죠. 자아를 단련시키기 위해서요.

공정치 못하거나 불합리하다고 생각되는 상황을 무척이나 싫어하고, 가급적이면 그런 상황에 저를 노출 시키지 않으려고 애씁니다. 하지만 살다 보면 부득이하게 노출됩니다. 그럴 때는, 맞서 싸운다든지 분노하기보다는, 원인 제공자를 만나지 않거나, 보지 않는 쪽을 택합니다. 부정적인 방향을 군이 보지 말자는 쪽을 택하는 거죠. 그것이 나를 지키는 방법이라고 생각했었습니다.

그리고 위의 구절을 읽고서 깨닫게 되었습니다. 불편을 피하기만 하진 말자. 나를 단련하는 수단으로 사용하자.

그래서 깨달은 대로 머리가 맑아졌을까요?
글을 정리하며 다시 보니, 그렇지는 못한 것 같습니다.
글을 쓰면서 답답했던 가슴이 뻥 뚫리기를 기대했었는데 개운치
않은 기분이 듭니다.

깨달은 대로, 생각한 대로 쉽진 않네요.
그렇기에 지속적인 훈련의 과정이 필요한 것 같습니다.

혹시, 오늘 불편한 상황을 만나셨나요?
축하드립니다.
자아를 단련시킬 수 있는, 위기를 기회로 엎어치기 한 판 할 수
있는 때를 만나셨습니다.

"불편한 환경을 견뎌야 자아도 단련된다."
—더 시스템(스콧 애덤스)

2021.03.28. 일. p.m.9:56 글을 쓰다.

*18*__ 다름 vs 틀림

학교 강의를 듣던 중에 나온 이야기입니다.

'다르다'와 '틀리다'의 의미 차이를 명확하게 알기에 평소 궁금해하진 않았습니다. '다르다'로 표현해야 하는 상황에서 '틀리다'를 사용하는 누군가와 나의 '다름'도 인정합니다. 두 표현을 혼동해서 '틀리게' 사용하는 이들이 많지만, 전 명확히 알고 있을 뿐이고 상대방은 단지 그 순간에 모르는 거라고 이해했습니다. 내 배경과 상대방의 배경이 '달라서' 생기는 문제라고 인지했습니다. 그런 다름을 인정하기에 굳이 애써서,

"당신의 방금 표현은 틀렸습니다. '다르다'라고 표현했어야 합니다."라고 콕 집어주지 않습니다.

내가 아닌 누군가와 '다름'이 드러나는 몇 가지 상황이 있습니다.

인사법

저는 사람을 만나면 반갑게 인사합니다. (물론, 반가운 사람이었을 때) 어른을 만나면 꾸벅 고개 숙여 인사합니다. 반가운 마음에 손이 뻗어 나가거나, 몸이 이미 30도에서 90도는 굽혀져 있습니다.

어떤 이들은 고개만 까딱이며 인사합니다. 그 인사법에 여전히 적응하기 어렵지만, 자라온 환경이 다르고, 그 안에서 배운 게 다르니 어쩌면 당연합니다. 인사할 때 몸은 몇 도로 숙이고, 턱과 눈은 어디를 향해 있어야 하고, 손은 어디에 둬야 하는지 법으로 규정되어 있는 것도 아니고 그저 저랑 다른 것임을 인정하면 마음이 좀 편해집니다.

속어 또는 부정적 단어

속어는 물론, 욕설과 부정적인 단어를 사용하지 않으려고 노력합니다. 단어에 따라 뉘앙스가 달라지므로 같은 뜻이라면 이왕 더 좋은 단어를 선택하려 노력합니다. 말의 힘을 믿기 때문입니다.

부정적인 단어들을 말할 때, 그 표현을 상대방도 듣지만 제일 먼저 제가 듣게 됩니다. 말했다는 것은 생각을 하고 있다는 것이고, 나의 온 세포들은 그것들을 무섭게 인지합니다. 소 잃고 외양간 고치는 걸 절대적으로 피하는 저는, 말이 씨가 된다는 격언을 맹신합니다. 하지 말라는 걸 굳이 할 필요가 없죠.

너무나도 쉽게 속어, 욕설, 부정적인 언어와 표현을 사용하는 이들이 많습니다. 특히나 가장 놀라울 때는 강의하는 분들이 그럴 때입니다. 직설적으로(?), 날 것으로 표현해 주는 걸 좋아해 주는 청중도 물론 많습니다. 전 아니지만, 그래서 또 '다름'입니다. 좋아해 주는 청중들도 있으니 틀렸다고 할 수 없습니다. 이해하기 어렵지만 틀렸다고 할 수는 없는 거죠. 그저 제 가치관과 상반되는 행동을 저는 하지 않으려고 노력하면 할 뿐입니다.

2021.03.29. 월. pm10:20 글을 쓰다.

당신이 이해하지 못한다고 해서,
그렇지 않다는 뜻은 아니다.

출처 미상

19__ 있는 그대로 나를 수용할 때 성장한다

"신기한 역설은 내가 있는 그대로의 나를 수용할 때 내가 변화한다는 것이다."

−칼 로저스

아…

오늘은 정말 위의 한 줄로 글쓰기를 마무리하고 싶습니다.

아이디어가 있을 때도 있고,

아이디어가 없을 때도 있고,

아이디어가 있더라도 부족한 글쓰기로는 술술 안 써질 때가 있고, 아이디어가 없어서 백지 그대로 한참 내버려 둘 때면 정말 머리를 쥐어박게 되고.

그런데도 이렇게 또 컴퓨터 모니터를 바라보며 스스로와의 약속을 지키기 위해 열심히 글을 씁니다.

이게 저입니다.

부족하고, 글쓰기 내용도 들쭉날쭉하지만 해보려고, 그래도 노력하는 저입니다.

발표를 부끄러워하는 학생들이 있습니다. 저 또한 그랬습니다. 어렸을 적에는 부끄럽다고 느껴지는 감정이 나쁘다고 생각했었습니다. 그래서 단상에 서게 될 일이 있을 때면 부끄러워하는 나 자신이 못마땅했습니다. 하지만 그 감정을 인정하고 받아들여야 한다는 걸 책을 읽다가 알게 되었어요. 그래서 지금은, 발표를 부끄러워하거나 부담스러워하는 아이들에게 이렇게 말해줍니다.

"부끄러워하는 너의 마음을, 네가 잘 안아주렴."

그 감정을 있는 그대로 받아들일 때 나는 나에게 소중해집니다.

그 감정을 외면하면, 나는 나에게 버림받게 됩니다.

"성격이 참 꼼꼼하고, 똑 부러져 보여요. 그래 보여요."

가끔 듣는 말인데도 들을 때마다 참으로 적응이 안 되는 말입니다. 가끔 들어서 그럴까요?

속으로 '응? 내가?'라고 생각하며 대답합니다.

"아휴, 아니에요. 얼마나 빈틈이 많은데요. 알고 보면 구멍이 많습니다."

겸손으로 보일 수 있지만, 결코 아닙니다. 정말 그렇다고 생각하기 때문에 이런 칭찬을(아닌가?) 들을 때마다 손사래를 칩니다. 내가 생각하는 나와 타인이 보는 나의 불일치함에서 생기는 일이죠.

정신적으로 굉장히 건강한 사람은, 자기 자신이 알고 있는 자기의 영역과 타인이 보는 자기의 영역이 일치하는 사람이라고 합니다. 이런 사람은 타인의 피드백을 적극적으로 수용한다고 합니다.

나는 그동안 어땠을까?

위의 표현에는 '굉장히'와 '적극적'이라는 전제가 붙습니다. 어느 정도 수용하는 것은 어느 정도 건강한 것이죠. 또한 타인이 내게 주는 긍정적인 피드백을 수용하지 못한다고 해서 정신적으로 아픈 것도 아닙니다. 하지만 분명히 알아야 할 것은 그러한 피드백을,

"아휴, 무슨 말씀이세요, 저는 그렇지 못해요."라며 적극적으로 손사래를 치는 것은 내가 나에게 굉장히 미안해야 할 문제라는 점입니다.

이는 자녀에게도 적용됩니다. 자녀에게 쏟아지는 칭찬을 겸손이라는 이름으로 "아휴, 애는 그런 거 못해요.", 또는 "애는 그렇게 잘하지 못해요."라며 손사래를 치는 부모님들이 간혹 계시는데요. 겸손(?)이 미덕이 되는 우리나라에서는 문화적으로 학습된 결과, 습관적으로 그럴 수는 있습니다. 최악인 건, 아이 앞에서 손사래를 치는 거죠. 나를 부정하는 부모님을 보며, 아이는 무의식적으로 자신의 한계를 짓게 됩니다. 보이지 않는 천장을 만들어버리죠. 무의식적으로 이렇게 행동하고 있는 건 아닌지 한 번쯤 돌아볼 문제인 것 같습니다.

자, 그렇다면 있는 그대로의 우리를 수용해보도록 하죠. 적극적으로 수용하며 내가 나한테 미안할 일을 만들지 말도록 해요.

부끄러우면 부끄러운 대로
화가 나면 화가 나는 대로
불행하다고 느낀다면 불행한 대로
칭찬을 들으면 칭찬을 듣는 대로

내가 느끼는 대로

나에게 들리는 대로 나를 수용해주세요.

"아니에요, 저 그렇지 않아요."라고 부인하면 계속 그 자리에 있

게 됩니다.

"네, 맞아요. 그런 이야기 많이 들어요."

절대 그렇지 않다고 생각하더라도 위와 같이 말해보기로 해요.

말을 뱉는 순간, 나의 온 세포는 말한 대로 그런 사람이 되기 위

해 노력할 것입니다.

단, "감사해요"라는 말은 반드시 덧붙이세요.

2021.03.30. 화. p.m.10:14 글을 쓰다.

신기한 역설은
내가 있는 그대로의 나를 수용할 때
내가 변화한다는 것이다.

칼 로저스

20__ 글쓰기로 커지는 자기효능감

"당신이 할 수 있다고 생각하든 할 수 없다고 생각하든 생각
하는 대로 될 것이다."

–미국의 자동차 왕 헨리 포드

벌써 60일째.

매일 10분 글쓰기를 60일 동안 해냈습니다. 이제 시작일 수 있기
에 이른 샴페인은 터트리지 않으려고 하지만 60일 동안 해낸 나 자
신에게 놀라는 중입니다.

하루하루는 길었지만 모아 놓고 보니 지극히 적은 시간인 것만
같습니다. 짧다면 짧고 길다면 긴 시간 동안, 하루하루 해내면서 내
가 얻은 건 무엇일까 생각해 봅니다.

자신감?
가볍습니다.
자존감?
약간 벗어나는 주제인 것 같아요.

자기효능감!

네, 바로 이거예요

매일 약속한 것을 실천해가는 나 자신을 보면서 기특했습니다. 스스로와의 약속을 꼭 지키는 것은 따로 비법이 있는 것은 아닙니다. 매일 조금씩, 내 보폭에 맞춰 한 걸음 한 걸음 나아가다 보면, 조금씩 성취하고 있는 내가 보입니다. 시작이 막막하고 어려웠던 미션들을 매일 해내는 보람이 제법 쏠쏠합니다.

어떤 상황에서 적절한 행동을 할 수 있다는 기대와 신념. 바로 자기효능감입니다.

자기효능감이 높을수록 자신이 과제를 실행하고 목표에 도달할 수 있다는 믿음이 두터워집니다. 과제 수행에 거리낌이 없고, 수행 결과에 대한 불안도 낮다고 합니다.

자기효능감은 미션들을 수행하는 과정에서 차곡차곡 쌓여서 나의 성장 과정을 그대로 볼 수 있습니다. 성취해 본 경험은, 내 앞에 기다리고 있는 다음 미션을 좀 더 잘게 쪼개어볼 수 있게 합니다. 어떻게 해야 효율적으로 목표를 달성할 수 있는지, 중간에 포기하고 싶어질 때는 어떤 방법을 사용하면 좋을지, 미션을 쪼개어보며 내 것으로 다시 재조립할 수 있게 됩니다.

결국, 내가 나와 친해지는 과정이라고 할 수 있습니다. 나를 더 잘 알게 됩니다. 자기효능감이 높다는 것은 그만큼 자기 자신을 잘 알고 있다는 방증이 됩니다.

새로운 도전을 앞두고 있는 많은 분들을 응원합니다. 시작은 언제나 어렵고 막막합니다. 하지만 직접 부딪히며 몸으로 익혀야 진정 내 것이 될 수 있습니다. 나만의 것, 나의 루틴이 많아질수록 그토록 바라는 성공 지점에 빨리 도달할 수 있게 됩니다.

당신의 도전을 진심으로 응원합니다.

2021.04.01. 목. pm8:00 글을 쓰다.

21__ 나와의 약속을 지킨다는 것은

약속에 대한 명언 모음
—작자 미상

"약속을 지키려는 생각이 없다면 아예 약속 자체를 하지 마라."

"기쁠 때는 약속하지 마라.

화가 날 때는 답변하지 마라.

그리고, 슬플 때는 결정하지 마라."

"자신 스스로에게 약속하라. 아무리 힘들어도 절대 스스로의 꿈을 포기하지 않겠다고 말이다."

"당신이 약속을 지켜야 할 가장 중요한 사람은 바로 당신 자신이다."

"나는 말은 신뢰하지 않는다. 내가 신뢰하는 것은 행동이다."

"다른 사람들이 당신에게 어떻게 말하는지는 중요하지 않다.

중요한 것은 당신을 어떻게 대하느냐이다. 그리고 그들의 성향은 그들이 말하는 약속으로 나타나는 것이 아니라,

그들이 지킨 약속으로 인해서 나타나는 것이다."

"영원히 살겠다는 약속 대신, 살아있는 동안에 진정한 삶을 살겠다고 약속하라."

"당신 자신 스스로와 이렇게 약속하라.

스트레스는 줄이고 더 웃을 것.
용기와 힘을 가지고 안락한 자신의 공간에서
나와 모험할 것.
과거는 잊고 현재에 감사할 것.
그리고 항상 당신이
진정으로 원하는 삶을 살기 위해 노력할 것."

"자신에게 한 약속을 지킨다는 것은 그만큼 자신을 사랑하는 것이다."

저녁 운동을 하던 중에 문득 이런 생각이 들었습니다.

'온종일 무거운 머리 때문에 몸도 무거웠는데 누가 알아주는 것도 아닌데 이 운동을 난 왜 하고 있는가. 장갑을 끼고, 운동화를 신고, 운동을 시작하는 나는 무엇 때문에 운동을 하는 것일까.'

평소보다 저녁을 잘 먹었기에 운동을 하는 것도 있지만, 그 무엇보다 내가 운동을 중요하게 생각하고 있다는 것을 알게 되었습니다.

그런데 그 이유는 '약속'이었습니다.
나와의 약속, 그리고 함께하는 분들과의 약속.

특히 스스로와의 약속을 지키고 싶었기에 운동을 했습니다.

오늘 저는 다시 한번 저와 한 약속을 지켜냈습니다. 나를 한 번 더 사랑해 준 것이죠.

앞으로의 약속들에 대해서도
묵직하게,
따뜻하게,
되뇌어보겠습니다.
그 약속들을,
나를 사랑하기로 다짐했던 마음을,
더욱 단단히 다져봅니다.

2021.04.03. 토. pm8:21 글을 쓰다.

자신과의 약속을 지킨다는 것은
그만큼 자신을 사랑하는 것이다.

22__ 소비재 같은 사람, 자본재 같은 사람

나는 소비재 같은 사람으로 남고 싶은가,
자본재 같은 사람으로 성장할 것인가.

> 소비재, 사람의 욕망을 직접적으로 충족시키기 위하여 소비
> 되는 재화.
> 자본재, 재화를 생산하기 위하여 사용되고 소비되는 토지 이
> 외의 재화.
> – 다음 인터넷 사전

소비재, 자본재 중 난 어떤 재화로 살아가고 있는지 깊이 생각해
볼 문제입니다.

우연한 기회에 이렇게 매일 글을 쓰고, 생산할 수 있어서 감사했
습니다. 처음에 쓴 글을 지금 다시 읽어 볼 수 있을까요? 지금도 많
이 부족한데 그때는 어땠을까요. 읽으면서 낯부끄러울 수도 있습니
다. 이런 경험은 처음이라 막막했지만, 일단 해보자 결심을 했으니
그저 '행' 했습니다.

처음 시작하면서 완벽이 뭔지 알 수도 없을 터.

초보가 완벽을 추구하고자 한다면 그야말로 허세 가득한 것이기 때문에 그저 쓰고 올렸습니다.

그렇게 시작한 글쓰기가 오늘로 63일째.

참 기특하다,
쓰담쓰담.

이렇게 자본재 같은 인간이 되어가는 중입니다.

빠르지 않고 완벽하지 않고 모르는 것도 많고 가끔은 주저앉고 싶을 때도 있지만, 내가 나와 한 약속을 지켜내기로 했으니 그 약속을 위해 오늘도 그저 '행'하며 생산합니다.

모든 일의 바탕에 감사한 마음이 가득하면
그 일이 무슨 일이든 꽃향기가 납니다.

생산자로서 오늘도 멋지게 하루를 보낸
나와 당신에게서는
벗꽃향기가
그윽하게 납니다.

"앞서가는 방법의 비밀은 시작하는 것이다."

—마크 트웨인

23__ 나무에 앉은 새는 자신의 날개를 믿는다

"나무에 앉은 새는 가지가 부러질까 두려워하지 않는다.
나무가 아니라 자신의 날개를 믿기 때문이다."

『새는 날아가면서 뒤돌아보지 않는다』 중에서

재작년에 도서관에서 빌려 읽고, 감동 받아 구매로 이어진 책입니다. 가끔 가까운 곳에 두고 생각날 때마다 펼쳐보고 있어요. 힘도 얻고요. 한 구절 읽고 생각에 잠겨보기도 합니다. 특히 책의 뒤표지에 있는 위의 구절은 볼 때마다 깊은 생각에 빠지게 합니다.

"새는 자신의 날개를 믿기 때문에 두려워하지 않는다."

내가 믿는 것은 무엇일까.

내가 딛고 있는 가지일까, 내 날개일까.

가지를 딛고 있다면 가지가 부러질지 모른다는 두려움이 생긴다
는 말인데, 가지의 범주부터 일단 생각해 봅니다. 가장 간단히 '환
경'적인 가지를 생각해 볼 수 있습니다. 환경은 늘 변하죠. 있다가
없어지기도 하고, 없다가 생기기도 합니다. 그럼, 현재 있는 것이 언
제 없어질지 몰라서 두려움이 생긴다는 걸까요? 그래서 생각해 봅
니다.

현재 있는 것, 내 곁에 존재하는, 그것이 없어진다면?

답은, '아찔하다'입니다. 생각만 해도 두렵습니다.
그게 없으면, 나는? 다른 의미로는 '막막함'입니다.
이 또한 두려움이 생깁니다.

이렇게 생각해 보니, 의존도와 두려움은 비례하는 것 같습니다.
날 수 있다는 걸 잊어버린 채 온전히 가지에 의지하면 '유'에서 '무'
가 되는 순간, 추락합니다.

내 날개를 믿어야겠다는 생각이 깊어지는 대목입니다. 나는 날
개가 있고, 그러므로 나는 날 수 있는 존재라는 것을요. 그리고 파

랗고, 넓은 하늘을 힘껏, 맘껏 날아오를 수 있도록 날개를 튼튼히
해야겠다는 다짐도 해봅니다.

2021.05.23. 일. pm10:40 글을 쓰다.

4장

성장의 문

*1*__ 반가움(1)

너무나 반가웠다.
오랜만에 만난 분들.
뜻밖의 만남에 대한 기쁨은
온몸으로 뿜어져 나온다.

건강하시구나.
아, 저분도 오셨네.
모두 잘 지내고 계셨구나.

흘러가는 시간 속에 문득,
나 혼자 있는 듯한 느낌을 받는 순간이 있다.

특히, 코로나로 인해
많은 만남이 없어지고 줄어들면서 더 그렇다.
혼자 있는 듯한 느낌이 '외롭다'는 아니다.
드넓은 우주 속에서 나 혼자 세상을 살아가는 느낌.
반가운 얼굴들을 만나면, 비로소 느끼게 된다.
아, 난 이분들과 연결되어 있지.

연결되는 것은 참으로 따뜻하다.
배려할 줄 알고, 때론 어리숙하고,
당황하면 온몸으로 다 표현되고,
편안한 웃음이 절로 나오는
따뜻한 나의 본성들을
있는 그대로 보여줘도 두려움 없는 편한 관계.
그 관계와의 연결은 언제나 행복하다.

반갑다.
꽃이 피는 계절이 왔다.
지나는 길에 온 세상을 하얗게 덮어주는 벚꽃이 반갑다.
나, 여기 있어라며 노란 형광색으로 덧칠한 듯한
돌담 곁의 개나리도 반갑다.
향긋한 봄 향기가 나는

이름 모를 꽃도 반갑다.

하늘도 반갑다.

모처럼 파아란 하늘이었다.

따뜻한 햇볕도 반갑다.

이젠 정말 겨울 코트는 옷장 깊이 보관해도 될 것 같다.

온몸으로 햇볕을 맞이한다. 반갑게.

나눔 강의를 듣는 중에 반가운 이름이 들린다.

속도 없이 내 반가운 마음을 앞세웠다.

죄송하면서 감사했다.

반가움은 지금도, 뜨뜻하다.

뒤돌아보면 부끄러웠고, 부족했던 나의 모습도

이제는 반갑게 맞아주기로, 수용하기로 다짐한다.

내일 만나는 모든 것들을 더욱 반갑게 맞이해주어야지.

새벽 공기,

새벽에 만나는 책,

아침 공기,

운동 중 들리는 지저귀는 새소리들,

그리고 분명 따뜻할 햇볕도.

또…?

"나는 언제나 당신이 반갑습니다."

2021.03.31. 수. pm10:41 글을 쓰다.

2__ 빛나는 욕심

욕심이다.
문득 그렇다는 생각이 들었다.

후회한들 무엇하랴.
이미 지나간 버스 뒤에서 손 흔들어봤자다.

내가 더 잘할걸.
더 챙겼어야 하는데.
더 공부했어야 하는데.
꾸준히 관찰했어야 하는데.

여기서 끝나면 그래도 덜 궁상맞다.
했어야 하는데로 끝나는 마침표에 불안감이 없어지니
머리가 지끈거린다.

혼자 지끈거리고 있는 스스로가 참으로 궁상맞다.

너무 늦은 거 아닐까?
기회가 다시 올까?
지금이라도 다시?
"후회한들 무엇하랴."

후회로 머릿속이 복잡해지던 순간
이 감정은,
욕심과 연결되어 있다는 생각이 들었다.
분명 더 잘할 수 있었을 텐데,
놓쳐버린 기회를,
소중한 기회를 잡지 못하고 있는 지금이 속상하다.
그래서 더 잡고 싶어 욕심이 나는 것.

후회에 욕심이 더해지니
질투라는 것이 떠오른다.
나쁜 것일 것만 같은 욕심도 그 존재함은
때론 귀하다.

부정적인 단어 같기만 하지만, 잘 들여다보면

긍정적인 반향을 충분히 일으킬 수 있다.

욕심이 있어야 자기 발전이 있다.

단, 건강한 욕심을 지향하자.

질투, 분노, 후회로 채워진 욕심 말고,

따뜻한 소망이 현실이 될 수 있도록 자극을 주는 욕심.

찬란하게 빛나는 욕심.

떠난 버스는 보내주고,

I'm Ready!를 외치며 다시 들어올 버스를

반갑게 맞이할 준비를 하자.

막차였으면 어때.

버스는 다음날 반드시 온다.

그러니 기운 내.

2021.04.02. 금. pm10:55 글을 쓰다.

Never regret.
If It's good, It's wonderful.
If It's bad, It's experience.
VICTORIA HOLT

3__ 무제

"사람들은 내가 흰 캔버스에다 검은색을 칠한다고 생각합니다. 하지만 그건 사실과 달라요. 나는 검은색을 칠하는 만큼 흰색도 칠합니다. 흰색도 검은색만큼 중요하니까요."

–프란츠 클라인

컴퓨터 모니터를 바라보며 골똘히 생각해 봅니다.

오늘 읽었던 책도 뒤적여보고
하루동안 있었던 일도 곱씹어 보며
키워드를 찾으려 애써봅니다.

이런 적이 처음은 아니죠.

주제가 없어서, 주제가 없음을 주제로
글을 쓰자고 마음을 먹으니
뜻밖에 얻어걸리는 게 있습니다.
처음 보는 화가의 어록인데
흰색도 검은색만큼 중요하다는
마지막 글귀가 눈에 깊이 담깁니다.

어느 것 하나 중요하지 않은 게 없다는 메시지로 들립니다.

어떤 음악을 들으며 글을 쓰느냐에 따라 글의 분위기가 달라지는 것 같아요.

음악이 붓이 되고
그 음악이 지닌 색깔대로
글에 칠해지는 중입니다.
어떤 색이든
중요치 않은 건 없다고 하니
무슨 색을 칠할까.
붓을 들고 동동거리기보다는
일단 칠해보는 거죠.
색을 칠하다 보면
어느새 나만의, 고유한 색을
만나게 될 수 있겠죠.

오늘 저의 하루는 어떤 색으로 칠해졌을까요?
당신의 오늘은 무슨 색이었나요?
문득, 당신의 오늘이 궁금해집니다.

2021.04.05. 월. pm9:14 글을 쓰다.

4_ 타성, 그리고 자만

반성이 떠나지 않는 저녁 시간입니다.

어디서부터 어떻게 풀어야 할까.
나는 언제부터,
왜 그랬을까.

타성의 사전적인 의미는 오래 굳어진 버릇, 사람의 말이나 행동에 굳어진 습성입니다. 이 단어가 현재의 나에게 적합하지 않다고 생각한 이유는 오래전부터 굳어진 것은 아니라고 생각했는데, 아뿔싸!

이 생각이 듦과 동시에 나에게도 해당 되는 단어라는 생각이 듭니다.

아니라고 하지만,
아니라고 부정하고 싶지만,
나의 본래의 습성대로 나오게 되는
그런 버릇들이 어느새 새어 나옵니다.

아닌 것은 아니라고 확실하게 말하고,

맞는 것은 맞다고 제대로 칭찬해주는,
저의 확고(?)한 습성 말이죠.

뒤가 불편합니다.
그리고 미안해집니다.

자만과 연결된다고 생각해요.

그새,
좀 해봤다고
어느새
확실한 내 생각을 덧입히는.

확실히 비합리적인 사고가
그 바탕에 깔려 있습니다.

정말 깊이 반성합니다.
질서가 필요했습니다.
질서가 필요할수록
단호해져 갔습니다.
단호함은

때로 의도치 않게
상처를 남깁니다.

아직 크는 중이라,
진짜 어른이 되려면
아직도 멀었다는 생각도 함께 듭니다.

합리적인 사고를 저변에 깔고 (본성을 뜯어 고치자!!)
성장 마인드 셋,
다시 점검하고,
마음과 말을 잘 일치시켜서 전달하고
(마음은 그런 게 아닌데 표현이 잘못 전달되는 경우가 생깁니다.)
내 생각을 당분간은 비우기로 합니다.
지금은,
아니 앞으로도,
비워야 할 것 같습니다.

"겸손이란, 자기 자신을 낮추는 것이 아니라 자신을 덜 생각
하고, 남을 더 생각하는 것이다."
−릭 워렌−

2021.04.06. 화. pm9:40 글을 쓰다.

5__ 매력 : 나도 있나? 있지

오늘 뜻밖의 칭찬을 들었어요.
지인을 만났는데 제게 차분함이 매력적이라고 합니다.

"어머나!"

그분을 자주 만나면 안 될 것 같다는 생각이 들었습니다.
혹시나 그분이 생각하시는 '차분함이라는 매력'이
알고 보니 착각이었다고 말씀하실까 봐요.
오래도록 차분함이 있는 매력적인 저로 남고 싶거든요.
당황하면 온몸으로 당황스러움을 표현되는 저인데
차분함이 매력적이라는 말을 들으니
인지부조화가 또 다시 생깁니다.

때로는 내가 보지 못한 나의 매력이
타인의 시선에 의해 이렇게 발견되기도 합니다.
그럴 때마다 손사래 치며 부정하지 말고
적극적으로 내 귀에 들리는 그 매력들을
수용해보기로 해요.

매력은 사람을 끌어당기는 힘입니다.

외모, 말투, 태도, 아우라, 물질적인 부,

모두 매력을 느낄 수 있는 부분이에요.

외적인 것과 내적인 것이 섞여 있죠.

그래서 항상 한 가지에만 끌리는 것은 아니라고 생각해요.

가장 좋은 것은,

외적인 매력과 물질적인 부,

거기에 내적인 매력이 더해지는 거죠.

그렇게 된다면

아주 많은 사람들을 끌어당길 수 있을 거예요.

강력해지는 거죠.

외모, 물질적인 부는 정확히 알겠는데

내적인 매력은 뭐가 있을까요?

긍정적인 가치관, 건강한 정신, 생각의 깊이,

친절한 마음, 지혜로움, 현명함, 따스함

진심 어린 경청, 공감해 주는 능력

긍정의 언어.

외적인 매력 못지않게

중요한 매력들입니다.

누군가를 당신의 사람으로 만드는 힘은
이런 '내적인 매력'에 있다고 해요.
내적으로 탄탄해야 외적인 매력들도
오래 볼 수 있겠지요.

내적인 매력을 키우기 위해
오늘도 저는 저를 돌아봅니다.

긍정의 확언과 함께
차분함이 매력이라는
그 말을 적극 수용하면서요.

"나는 좋은 사람을 끌어당기는 힘, 매력이 있다."
당신도, 참 매력적입니다.
알고 계시죠? ^^

2021.04.07. 수. p.m.9:30 글을 쓰다.

당신은 참으로 매력적입니다.

6 __ 나의 현재 진행형

나는 부자가 되어 가고 있다.

나는 매일 더 건강해지고 있다.

내가 하고 있는 일은 모두 잘 풀리고 있다.

나는 좋은 사람들을 끌어당기고 있다.

나는 다른 사람의 성공을 기뻐하고 있다.

나는 다른 사람의 성공을 진심으로 축복하고 있다.

나는 매일 풍요로워지고 있다.

나는 매일 축복받고 있다.

나는 성공을 향해 한 걸음 한 걸음 다가가고 있다.

나는 나의 목표에 매일 몰입하고 있다.

나는 매일 내 잠재력을 깨우는 중이다.

나는 강해지고 있다.

나의 따스함은 점점 깊어지고 있다.

나는 매일 더 행복해지고 있다.

나는 목표한 바를 이루기 때문에 그 정점에 매일 다가가고 있다.

나는 매일 나와의 약속을 지키고 있다.

나는 모든 면에서 매일 성장하고 있다.

나는 내가 한 말은 반드시 지키고 있다.

나는 나의 행동을 믿고 있다.

나는 나의 소망이 이루어질 것을 굳게 믿고,

그것에 대해 진심으로 감사하고 있다.

나의 신념은 더욱 진실해지고 있다.

나의 사명은 더욱 분명해지고 있다.

나는 매일 기적을 만나며, 더욱 큰 기적을 만들어가고 있다.

나는 매일, 매 순간, 만나는 모든 분께 선한 영향력을 주고 있다.

나는 내가 원하는 경제적, 시간적 자유를 얻은 나를

매일 만나러 가고 있다.

나는 내가 소망하는 일을 명확하게 긍정하는 중이다.

긍정은 기적이 되어 나를 만나러 오고 있다.

나는 매일 더 지혜로워지고 있다.

나는 범사에 감사하고 있다. 감사는 풍요가 되어

나를 만나러 오는 중이다.

그래서 나는,

현실이 되어 나를 만나러 오는 모든 것들을 두 팔 벌려

반겨줄 준비를 하고 있다.

나의 오늘은 언제나 최고다.

2021.04.08. 목. pm08:02 글을 쓰다.

7__ 선한 영향력(2)

오늘은 쓰고자 하는 주제가 따로 있었어요.
그런데 주제가 바뀌었죠.
글을 쓰기 전에 어떤 감정이 들었느냐가
글의 방향성을 결정합니다.
선한 영향력이라는 주제로
42번째 이야기에서 이미 다루었던 내용이에요.
오늘과 그때는 다른 상황이긴 하지만,
두 번째 글을 쓴다는 건
그 영향력에 대한 저의 애정도가 드러나는 것 같습니다.

제가 바라는 삶의 지향점이에요.
선한 향기가 나오는 사람,
선한 영향력을 전파하는 사람,
가볍지 않고 묵직한,
자유로우면서 진지한,
따스한 미소가 묻어 있는
그러한 것들이
나로부터 시작하여
주변에 스며들게 하는 그런 사람이 되고 싶습니다.

선한 영향력에 대한 이야기는

긍정의 확언 중에서도 빠지지 않고

저의 다이어리 앞쪽에도 기록되어 있어요.

제 삶의 중심에서

아주 중요한 위치를 선점하고 있어요.

그리고 오늘,

그 의미에 대해

돌아보며 깊이 생각해 봅니다.

나는 과연,

선한 영향력을 주는 사람인가.

질문에 대한 답은

삶 속에서 배우며 여전히 찾아가는 중입니다.

2021.04.09. 금. pm11:05 글을 쓰다.

오늘 참으로
멋지셨습니다.

8__ 벚꽃향

난다.
봄 향기가 난다.

날린다.
춤을 춘다.
바람 따라 춤을 춘다.

햇볕을 쬐며 산책하는 이들도
하얀 꽃잎을 따라
나풀나풀 걷는다.

흩날리는 꽃잎만 보아도
마음이 따뜻해진다.
봄이 어느새 성큼 우리 곁에 와 있음을
온몸으로 느낀다.

곁에 있는 진달래꽃이
덩달아 반짝거린다.
하얀 바탕에 있는

분홍 꽃은

더 진한 빛이 난다.

아카시아

여기,

너도 있었구나.

코끝으로 존재를 알리는

진한 아카시아 향기에 취해

지금, 행복하다.

킁킁…

봄 향기가 난다.

너와 나에게도

봄 향기가

물씬 난다.

2021.04.10. 토. pm09:00 글을 쓰다.

오늘 당신에게선
벚꽃향이 납니다

9__ 만큼 : 세상은 내가 꿈꾸는 만큼 선물을 안겨준다

① 아는 만큼 보인다.

'경험치'라는 게 있죠. 경험한 만큼 보이고 공감하는 것.

어떤 이는 그가 경험한 딱 그만큼만, 어떤 이는 본인이 경험한 것 그 이상의 것을 보고 공감합니다. 어느 쪽이든 조심해야 할 것은 자신의 경험치를 근거로 확신하고 속단하는 일입니다.

"나도 겪어봤는데 그건 아무것도 아니야."
"그거 나도 아는데, 그런 경우엔 이래저래 하면 돼."
"그런 경우엔 못해."

각자가 처한 상황들이 다른데, 내 경험이라는 한계선을 긋고 어떠한 상황을 바라보게 되면 의도치 않은 상처를 줄 수 있습니다. 내 경험을 비우고, 지우고 상황을 바라보는 연습을 할 때 진정한 공감이 시작됩니다.

② 사랑하는 만큼 사랑받는다.

"Give & Take가 아니라, Take & Give."

먼저 사랑해 보도록 해요. 주는 사랑은 곱절이 되어 돌아오고 내 마음은 더욱 따뜻해지게 됩니다.

그리고 그 누구보다도 말이죠.

내가 나를 사랑하는 만큼 내가 사랑받을 수 있다는 것, 우리 잊
지 않도록 해요.

③ 꿈꾸는 만큼 우주는 나를 돕는다.

꿈이 있어요. 누구나 있죠.

소망이 담긴 꿈은 행복합니다.

행복한 꿈은 늘 설레게 합니다.

하고 싶은 것, 갖고 싶은 것,

가고 싶은 곳, 되고 싶은 것,

어떤 것도 한계를 짓지 않도록 해요.

생각하는 만큼, 원하는 만큼,

내 소망은 내가 그리는 크기 '만큼' 이뤄진다고 하니,

최고의 '크기'를 지금 그려보세요.

내가 그리는 만큼, 원하는 만큼의 것을

세상은 내게 선물로 주기 위해 준비 중이고,
그것을 위해 온 우주가 도울 것입니다.

꿈을 안고, 그리며
매일 10분 글쓰기는 계속…

2021.04.11. 일. pm10:03 글을 쓰다.

> 세상은 네가 꿈꾸는 만큼
> 선물을 안겨 준단다.

10__ 수단과 목적

뒤바뀌면 안 되는 것 중 하나입니다.
수단과 목적.
목적을 위해 수단을 사용해야 하는데
처음과 다른 방향으로 몰입하다 보면
어느새 수단이 목적이 되게 됩니다.

그래서 매 순간 경계해야 해요.

돌이켜보면,
이 둘이 뒤바뀐 적이 몇 번 있었어요.

수단이 되어야 하는 그것이
어느새 목적이 되어 있고,
목표가 되어 있었습니다.
뭐가 잘못된 지 모르고 이어가다 보니
몸이 아프기 시작했고,
목적이 목표가 되고
목표에 눈이 멀어
영혼이 아파가는 나를
알아채지 못하고 있었어요.

때로는 벗어났을 때 비로소 문제가 보입니다.
나를 지켜내야겠다는 생각으로 벗어나 보니
아팠던 내가 보였고
지켜주지 못했던
내가 나에게 미안했습니다.

그러나 곰곰이 생각해 보면
큰 목적을 위한 이용되어야 할,
단지 수단이어야 하는 그것이
목적이 되다 보니
아팠던 거였어요.

그 무엇 때문이 아닌
내가 부족했던 탓이었습니다.

큰 가지의 목적은 변경되지 않겠지만,
그 길을 가는 경로는
상황에 따라 수정될 수 있습니다.

그 무엇이 되었든
실수는 반복하지 말고,
수단이 수단으로써 제 몫을 다하도록
나의 가장 큰 목적, 사명을 향해
시선을 정확히, 단단하게 꽂는 것입니다.
경로 수정이 어떻게 되더라도
나의 목표, 목적, 사명에
매일, 매 순간 몰입하는 거죠.

그 뿐입니다.

그렇기에

매일 10분 글쓰기는 계속…

2021.04.12. 월. pm9:30 글을 쓰다.

나는 목적과 목표에
매일 몰입한다

11__ 존재함으로 권위 있게

함께 일하는 선생님이 책을 읽으며 한 부분에서 제가 떠올랐다며, 제게 선물한 책의 구절이에요.

> "소유와 존재의 실존 양식의 차이는 권위를 행사하는 데에서도 그 예를 볼 수 있다. 그 차이의 요점은 권위를 소유하고 있느냐, 아니면 권위로 존재하느냐.

대부분의 사람은 삶의 어떤 단계에서는 권위를 행사하기 마련이다. 자식을 기르는 부모는 아이를 각종 위험에서 보호하고 특정한 상황에 처할 때 어떤 행동을 해야 하는가라는 최소한의 충고를 해주기 위해서라도, 원하든 원하지 않든 권위를 행사하지 않으면 안 된다. 가부장제 사회에서는 아내 역시 남편이 권위를 행사하는 대상이다. 지금 우리 사회와 같은 관료주의적 및 계급적 구조의 사회에서는 대부분의 사회 구성원이 권위를 행사한다. 권위를 뒷받침하는 특성들이 소멸하거나 감소하면 그 권위도 끝장난다.

(중략)

존재 양식의 권위는 사회적 기능을 수행하는 능력뿐 아니라 고도로 자기실현과 자기완성을 이룩한 인간의 인격을 바탕으로 세워진다. 그런 인물에게서는 저절로 권위가 배어 나온다. 그러니 굳이 명령을 내리거나 위협하고 매수할 필요가 없다. 한마디로 그는 높은 도(道)의 경지에 이른 인격체로서 행동이나 말로서뿐만 아니라 있는 그대로의 자기의 존재로 인간의 가능성을 실증해 보인다. 인생의 위대한 스승들은 이와 같은 권위를 지닌 인물들이었다. 이 문제야말로 교육의 중심 문제이다. 만약 부모들이 좀 더 자기를 도야하고 중심을 지킨다면, 권위주의 교육이냐 자유 방임 교육이냐 하는 논쟁은 사라질 것이다. 어린이는 이와 같은 존재양식의 권

위를 필요로 하기 때문에 그것에 대해서 아주 기꺼이 호응한
다."

『소유냐 존재냐』 중에서(에리히 프롬)

"저절로 권위가 배어 나온다."

정말이지 지금껏 살아오면서 들었던 칭찬 중, 최고의 칭찬이 아
닐까 싶습니다. 권위는 내가 직접 갖다 쓰는 게 아니라 타인이 주는
것이라고 배웠는데, 이렇게 멋진 책을 읽고 저를 떠올려 주신 선생
님께 감사했습니다.

철없던 지난 시절 동안 많이 아프고, 견디고, 배우며 잘 성장했구
나 싶기도 하고, 아직 부족한 점들이 많은데 선생님의 마음에 감사
하면서 '앞으로 더 잘하자!'라고 다짐도 하게 됩니다. 위 글귀들을
마음속 깊이 새겨두고 자주 꺼내 보며 더욱 갈고닦아야겠어요. 오
늘 이렇게 큰 선물 받았으니 더욱 멋진 어른으로 무럭무럭 자라나
도록 하겠습니다.

"권위를 소유하고 있으신가요, 권위로 존재하고 계신가요."

2021.04.13. 화. pm10:07 글을 쓰다.

12__ 무.념.무.상(1) : 비우니 비로소 채워진다

비우다.

비우니 채워진다.

비우니 비로소 내가 보인다.

오늘처럼 무난할 때가 또 있었을까요.

그래서인지 생각이 가볍습니다.

그런데 이상하게도

무난하고 가벼운 오늘 하루를 보내고 나니

또렷해집니다.

마치 비 온 뒤의 흙탕물의 흙들이 가라앉고

맑은 물이 떠오르듯이

조용해진 가운데

제가 보입니다.

말갛게 떠오릅니다.

말갛게 떠오르는 그것을 움켜줍니다.

놓치지 않도록 힘껏 말이죠.

그리고 몰입합니다.

아니, 자연스레 몰입이 됩니다.

나의 목표와 목적을 달성하겠노라고 다짐하게 됩니다.

나의 건강한 중심을 더욱 단단하게 다져봅니다.

쓰고 보니 무념무상이 아니네요.
하지만 분명한 건
어느 때보다도
맑다는 점입니다.

2021.04.14. 수. pm09:33 글을 쓰다.

13__ 덕분에

'덕분에'라는 말이 넘치는 하루입니다.

덕분에 잘 읽을게요.
덕분에 잘 들었습니다.
덕분에 감사합니다.
덕분에 즐거웠습니다.
덕분에 배웠습니다.
덕분에 깨닫게 되었습니다.
덕분에 웃음이 납니다.

덕분에 기쁩니다.

덕분에 행복합니다.

덕분에 살아왔습니다.

덕분에 살고 있습니다.

덕분에 내일이 기대됩니다.

오늘 하루,

어떤 '덕분에'가 있으셨는지요.

'덕분에'가 넘치게 될

내일이 있기에

오늘 밤도 설렙니다.

덕분에 매일 10분 글쓰기는 계속됩니다.

"당신 덕분입니다."

2021.04.15. 목. pm11:10 글을 쓰다.

당신 덕분입니다.

14__ 에너지

건강한 에너지, 선한 에너지
긍정의 에너지, 웃음을 전파하는 에너지.

이 좋은 것이 한곳에 모여 있다.
어쩜 그렇지.

건강하고 선한 에너지는 입가에 미소가 지어지게 한다.
긍정의 에너지들은 천천히, 깊게,
그리고 묵직하게 전파된다.

전달되는 에너지가 한곳으로 모여져
그 힘이 더욱 커진다.

다르다.
다르기 때문에 특별하다.

따스하다.
잔잔하게 밀려오는 그 에너지들은
가슴을 따뜻하게 한다.

진심, 진정으로 바라본다.

그런 따뜻한 에너지를 전달하고 전파하는
내가 되고 싶다.

미소 짓게 하고,
마냥 웃을 수 있게 하고,
따스하게 만들어주고,
건네는 말 한마디 한마디가
단단하면서도 따뜻한 힘이 담겨 있는,
그런 나를 꿈꿔 본다.

지금도 입가에서 미소가 떠나지 않는 걸 보니
오늘 밤 내내
따스할 것 같다.

2021.04.16. 금. pm11:10 글을 쓰다.

네가 최고야.

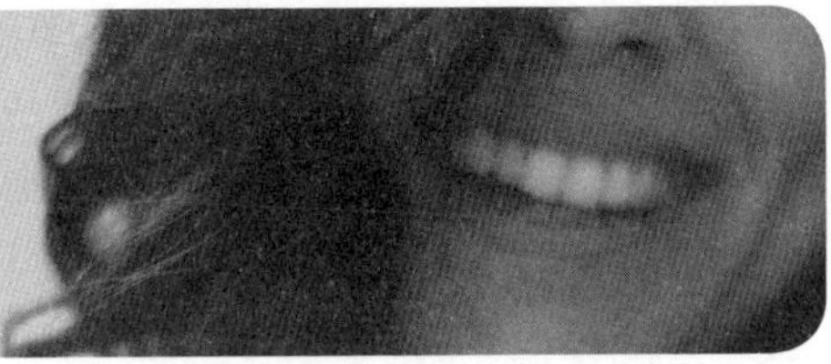

15__ 당신은, 참 좋은 사람입니다

아…
무얼 쓰지?

귀갓길에 정해놓은 제목이 있었는데
세상에나,
검색하다 보니
그 제목으로 나온 책이 있습니다.
신기하네, 거참.

쓰려고 했던 내용은 달라질 것이 없을 텐데
잠시 멍…

꾀를 부려봅니다.
제목 때문이라고.
내가 나를 보는 관점, 시선, 프레임에 관한 이야기입니다.

흠…
오늘은 뽑아지지가 않습니다.
좀 더 깊은 생각과 정돈이 필요해요.

뭐, 이런 날도 있어야죠.

그래도 그냥 가면 아쉬우니
요점만 이야기하자면,
타인이 이야기 해주는 나에 대한 긍정의 모습,
타인이 이야기 해주는 나의 장점대로
우리는 살아가게 된다는.
이런 내용을 이야기하고 싶었습니다.

처음에는 내 안에서 인지부조화가 생기지만
칭찬과 긍정이 켜켜이 쌓이다 보면
타인이 그려주는 그 모습대로 살아가기 위해
나는 어느새 노력하게 된다는 것.

그렇기에 주고받고, 듣는 언어의 힘은 강력합니다.

오늘부터는,
긍정의 피드백, 긍정의 칭찬을 듣게 되면
이렇게 생각해 보는 게 어떨까요.

'아, 그런가?'

'그런가? 진짜 그런가?' 는 생각이 떠올르는다는 것은

그런 사람이 되기 위한 첫걸음이 시작된 것입니다.

나를 좋은 사람으로 만들어주는 사람,

내가 더 좋은 사람이 되고 싶게 하는 사람,

그런

좋은 사람을

매일 만나게 되시길 바랍니다.

당신은,

참 좋은 사람입니다.

2021.04.17. 토. p.m.10:35 글을 쓰다.

당신은
내가 더 좋은 사람이
되고 싶게 해요
영화 '이보다 더 좋을 순 없다' 중에서

16 __ 찬란하게

빛난다.
반짝반짝.
4월이 이렇게도 예뻤나.

햇볕과 청량한 하늘,
바람과 그에 맞춰 춤을 추는 나뭇잎까지,
모든 것이 완벽합니다.

세발자전거를 타는 동네 아이와
도란도란 이야기 나누며 운동하는 동네 어르신들,
짹짹
지저귀는 새소리,
귓가를 간질이는 이 모든 것들이
반갑고 감사합니다.

한참을 머뭅니다.
싱그럽게 나풀거리는 나뭇잎 아래에서
반짝이는 4월을 눈과 카메라에
담고 또 담아냅니다.

오늘, 하루 어떠셨나요.

내일도 우리는
눈이 부시게 반짝일 거예요.

찬란하게 빛날,
당신을 응원합니다.

"우리의 봄은 다시 시작된다."

2021.04.18. 일. p.m.10:20 글을 쓰다.

17__ 임계점

"임계 전압이 0.7은 0이다. 0.71은 1이다. 임계점을 넘어보는
경험을 해보면 인생이 바뀐다."
－유튜브 동영상 '체인지 그라운드'

유튜브에서 임계점에 대한 2개의 영상을 보며 깊이 깨달았어요.
임계점.

익숙한 단어이지만 진정으로 생각해 보지 않았던 것 같습니다. 오늘 평소와는 다르게 크게 와닿았던 것은, 임계점을 넘기 위해 부단히 노력하는 제가 보였기 때문이에요.

2021년, 올해는 제게 그 자체로 임계점입니다. 그동안 늘 같은 부분에서 막혔던 저를 임계점 너머로 내보내기 위해서, 반드시 해내기로 결단을 내렸어요. 제가 무의식적으로 만들어 놓은 벽, 그 벽을 넘어서기로 결심한 해입니다.

단기적인 임계점을 넘어본 적이 있다면, 장기적인 임계점도 가능하리라 생각합니다. 다행스럽게도 단기 임계점을 넘어본 경험들이, 소소하지만 있습니다. 제 특기가 해내기로 제대로 마음먹은 것은 반드시 해내는 것입니다. 물론 저 혼자만의 힘으로는 힘듭니다. 저를 도와주는 손길들이 있기에 가능합니다.

1년 단위로 끊어지는 단기 임계점만 넘어선 경험뿐이지만, 귀한 자산입니다. 성공의, 성취의 경험은 더 큰 성공을 이루는 데 있어 필수조건이에요. 기반을 다지며 쌓아 올리는 것들은 성숙하고 단단하며 그 덕분에 부화뇌동하지 않게 됩니다. 경험으로 삶의 본질을 알게 된 까닭이에요.

힘듭니다. 사실 힘들어요. 안 하던 것들도 새로 하고, 하루에 어떨 때는 3시간, 4시간 자기도 하고, 진짜 해야 하는 것들을 놓치고 있는 건 아닌지 회의가 들 때도 있습니다. 이렇게까지 하는 제가 가끔 안쓰럽기도 하지만, 그러다가 또 생각이 바뀝니다. 총량의 법칙을 믿거든요. 예전에는 어떠한 이유로든 설렁설렁 보낸 시간들이 있었기에 그때 해야 하는 것들이 지금 다 모인 거라고, 지금 힘들어도 해내다 보면 진정한 자유를 만끽하며 즐길 시간이 오리라고 믿고 있습니다. 힘들 땐 안 하려고 하기보다는 시간 분배를 어떻게 하면 좋을지 고민하고 또 고민합니다. 임계점을 넘겨서 반드시 성장, 성공하기로 결단했기 때문입니다.

그리고 무엇보다도, 임계점을 넘어서겠다고 결심한 까닭은, 지금의 선물 같은 삶을 제대로 살아내야 한다는 것을 작년에 명확하게 깨달았기 때문입니다. 이 삶은 어쩌면, 제가 간절히 바라고 바래서 얻은 삶일 수도 있다는 생각이 들었습니다. 그래서 저는 부지런하게, 치열하게, 독하게 삶을 살아 내어 크고 선한 부를 이룰 것입니다. 선하고도 큰 부자가 되어 이룬 그 부를 내 뜻이 아닌 하늘의 뜻이 닿는 선한 곳으로 흘려보내려 합니다. 이룬 부를 나누고 흘려보내는 이 일이 제가 이 세상에 태어난, 저의 사명임을 비로소 알게 되었습니다. 그리고 그 일들을 다 하고 이 세상 소풍 끝내고 돌아가게 되면, "저, 정말 잘 살고 왔습니다.", "저, 정말 열심히 살다 왔어요."라며 그분들께 함박웃음을 웃으며 자랑하고 싶습니다. 그것이

임계점을 넘고 싶은 이유입니다.

"내 노력이 임계점을 못 넘는 것은, 노력이 0인 거랑 똑같은 경우가 많다. 내가 한계를 설정하는 만큼만 성장하게 되어 있다. 한번 해봐, 한번 해봐, 또 해봐, 또 해봐.

(중략)

장기적인 임계점과 단기적인 임계점을 계속해서 뚫어야 하는 이유는 여러분이 원하는 걸 보기 위하고 달성하기 위함이에요. 어려운 시기, 힘든 시기는 임계점을 뚫는 과정이라는 걸 알면 생각보다 할 만해집니다. 이 임계점을 못 쌓으면 계속 휩쓸릴 수밖에 없습니다. 내가 본질을 못 보기 때문에 딴 사람들의 움직임에 여러분이 휩쓸릴 수밖에 없어요. 다른 사람의 말과 다른 사람의 행동에 여러분 인생이 휩쓸립니다. 임계점을 뚫고 나면 전혀 다른 세상이 보인다. 놀라울 정도로 똑같은 일을 하는데 전혀 다른 세상이 보입니다."

–유튜브 동영상 '체인지 그라운드'

"우리는 나무를 바라볼 때,
땅 아래 뻗어있는 무수한 뿌리들은 바라보지 못합니다.
땅 위에 드러난 결실이 없다고 좌절하지 마십시오.
자신의 임계점을 향해 부지런히 달려가는 오늘,

여러분의 뿌리는 계속 단단히 뻗어 나가고 있습니다.

그리고 어느 순간 임계점을 넘어설 때,

찬란한 결실을 볼 것입니다."

　-작자 미상

"최선을 다하고 있다고 말해봤자 소용없다.

필요한 일을 함에서는 반드시 성공해야 한다."

　- 윈스턴 처칠 -

그렇기에

오늘도 나의 임계점을 넘기 위해 글을 씁니다.

2021.04.19. 월. pm.09:25 글을 쓰다.

18　두려움

"두려워 말라. 내가 너와 함께 함이라."

　- 사도행전 41장 10절

두렵고 작은 마음이 엄습하는 밤입니다.

내 마음에 마치 습관처럼 자리 잡은 두려움이
까맣게 올라옵니다.
오랫동안 보이지 않았었는데
오늘 밤 두려움이 머리를 삐쭉 내미네요.

무엇이 두려울까요.
생각해보면 두려워할 것이 없는데
자꾸 작아지는 마음이 서글퍼집니다.
하지만 어쩔 수 없습니다.
한번은 견디고 이겨내고 부딪혀야 하는 문제들이니깐요.

담대하게 나아갈 수 있도록
저 스스로 토닥여봅니다.
주책맞게 또 틀어지려는 눈물의 수도꼭지를
애써 잠가봅니다.

행복합니다.
살아있음에 행복하고
아름다운 4월을 볼 수 있음에 행복하고
지저귀는 새들의 노래를 들을 수 있어서 행복하고
좋아하는 음악을 실컷 들을 수 있어서 행복하고

두 발로 건강히 걸을 수 있어서 행복하고
사랑하는 책을 언제든 읽을 수 있어서 행복하고
이렇게 글을 쓸 수 있는 건강함에 행복하고
말씀을 읽고 들을 수 있어서 행복하고
노래를 부를 수 있어서 행복하고
매일 운동을 할 수 있어서 행복하고
하늘이 내게 보내준 선물, 대장님과 함께여서 행복하고
맛있는 음식 잘 먹고 잘 소화되는 것도 행복합니다.

그저 모든 것이 행복합니다.

행복한 것들 생각하니
두려움이라는 아이가
멋쩍어하며 발길을 돌립니다.

"내가 너를 굳세게 하리라.
참으로 너를 도와주리라.
참으로 나의 의로운 오른손으로 너를 붙들리라."
−사도행전 41장 10절

2021.04.20. 화. pm11:30 글을 쓰다.

19 _ 그래도, 괜찮아.

탄력이 붙습니다.
80일째다 이거죠.
데드라인이 얼마 남지 않은 시간에 시작해도
주제만 나와 있으면
걱정이 되지 않습니다.
10분 안에 글쓰기,
이젠 가능하거든요.

매일 글쓰기,
오늘로써 80일째입니다.
이 정도면 꽤,
괜찮죠?

마음이 작아져도 괜찮아.
작아져 있는 너를 꼬옥 안아줘.
작을 때도 있고 클 때도 있는 거지 뭐.
괜찮아.
다 괜찮아.
너는 누가 뭐래도

보배롭고 존귀한 존재야.

잊지 마.

너에겐 든든한 백이 있어.

후회되어도 괜찮아.

후회된다는 것은 발전 가능성이 있다는 거야.

성장할 수 있는 기회야.

후회되고 반성되는 일들이

참 많아.

그때 왜 그랬을까.

그때 그렇게 하지 않고 저렇게 했으면 어땠을까.

왜 나는 그렇게 어리석었을까.

남들은 그렇게 후회할 일 겪지 않고도

잘 사는 것 같은데 말이야.

나는 왜 그랬을까.

그런데 있잖아.

결국 감사한 일이 되더라구.

왜냐하면,

알았기 때문에, 깨닫게 되었기 때문에

내가 더 클 수 있었거든.

한 살이라도 어릴 때 실수하는 게 낫지 않아.

물론 실수를 하지 않았더라면 더 좋았겠지만,

좀 알아차리라고 수없이 신호를 보냈을 텐데

알아채지 못한 나에게

오죽하면 그런 아픔을 주었겠어.

그렇게 생각하니깐

후회와 시련, 실수는

나에게 기회가 되었어.

그 기회를 잡고 나아가기로 했지.

내가 성장할 기회였다고 생각하며 말이야.

그렇게 나는

몇 번의 성장통을 겪으며 컸어.

그래서

후회되는 일이 있어도

괜찮아.

다 괜찮아.

주문 마감이 5시인데

마감 시간을 넘어와서 주문 넣어도

난 다 괜찮아.

마감 청소하다 말고

다시 커피를 내리게 되더라도

난 괜찮아.

대접할 수 있다는 게

큰 기쁨 아니겠어.

퇴근이 좀 늦으면 어때.

늦으면 늦는 대로 가면 되지 뭐.

배가 고파서 어지럽긴 했지만

저녁식사를 두 배로 맛있게 먹으면 되지 뭐.

봉사할 수 있는

건강함이 있어서

정말 감사해.

그뿐이야.

그래서 난,

그래서 넌,

오늘도 꽤 괜찮았어.

2021.04.21. 수. pm11:20 글을 쓰다.

20__ 소망을 담아

따뜻한 소망을 담아 보냅니다.

당신은,
당신이 소원하는 모든 것들을
다 만나게 될 거예요.

목표하는 것,
다짐하는 것,
기대하는 것,
사명을 다하고자 하는 것,

그 모든 것들은
당신이 원하는 시점에
당신이 원하는 곳에서
당신을 기다리고 있어요.
언제든 당신이 오기만을
손꼽아 기다리고 있을 거예요.

이 밤,

당신이 원하시는 그 모든 것들을
당신이 원하시는 그날에
모두 만나게 되시기를
진심으로
소망합니다.

2021.04.22. 목. pm11:08 글을 쓰다.

21__ 무.념.무.상(2)

컴퓨터 앞에 한참을 앉아 있는데도
멍~ 합니다.
이런 날이 가끔 있는데요.
오늘이 그런 날입니다.

글쓰기 전,
보통은 흥이 나는 음악을 듣는데
오늘은 음악부터가 "고생했어요. 오늘도"입니다.
어떤 느낌의 음악이 흘러나올지
예상이 되시죠?

그저 그 느낌 그대로

음악에 기분을 실어서 흘려 보내봅니다.

아…

오늘은 아무래도

이렇게 아무 생각 없어져야겠습니다.

내일 충전하면 되겠죠.

오늘도 모두 멋지셨습니다.

내일 또 만나요.

2021.04.23. 금. pm.10:10 글을 쓰다.

그저
이 모습 이대로

22__ 응원

응원 드리고 싶은 대상이 있다는 건 행복한 일입니다.
응원해 주는 누군가 있다는 것 또한 감사한 일입니다.
가볍지 않은 진심이 꾹꾹 눌러 담긴 응원은
말과 눈빛과 행동을 통해 상대방에게 전달됩니다.

내가 아닌 타인을 위한 기도와 바램의 힘은 매우 큽니다.
건네는 말 한마디에 온 힘을 싣습니다.
가볍게 날아가 공기 중에 흩어지지 않도록 애쓰며
꾹꾹 눌러 담은 한마디의 말에 묵직한 에너지가 담깁니다.

특히 아픔에 대한 위로가 필요한 분을 위한 응원과 기도는
특별한 힘이 생깁니다.
상대의 이름을 부르며 마음을 다해 그분을 위한 응원과 기도가
바람을 타고 그분께 닿는 듯한 신비한 경험을 한 적이 있어요.
그때 분명하게 깨달았습니다.

"타인을 위해 진심을 다한 응원과 소망, 기도는 강력하다."

저는 오늘도 마음을 다해

당신을 응원합니다.

내일 더욱 찬란하게 빛날
당신이 제 곁에 있어서
행복합니다.

"만남은 결코 존재의 모자람 때문에 이루어지는 것이 아니고, 오
히려 만남으로 존재를 발견하게 한다. 만남을 통해 존재의 부족함
을 채우는 것이 아니라 존재의 온전함을 발견하게 된다는 것이다.

따라서 나를 존재하게 만드는 너는 그만큼 특별한 존재이다.
무의미를 바꾸는 것이 '나-너'의 관계이다."

『새는 날아가면서 뒤돌아보지 않는다』 중에서

"진심으로, 당신을 응원합니다."

2021.04.24. 토. pm10:10 글을 쓰다.

23__ 나무

반짝반짝 빛이 납니다.
맑은 하늘에서 내리쬐는 햇빛을
온몸으로 받아치는 나무들이
바람결에 싱그럽게 반짝입니다.
그 푸르름을 눈에 가득 담아봅니다.
보는 것만으로도 행복이 느껴지는 순간입니다.

4월의 끝자락이라고
어느새 5월의 향이 납니다.
푸르르고 반짝이고
따뜻하게 불어오는 바람 덕에
옷차림새도 제법 가벼워졌습니다.
가벼워진 옷차림 덕분인지
어느 때보다도 발걸음이 가볍습니다.

나무 같은 사람이 되고 싶습니다.
크고 시원한 그늘을 만들어줄 수 있는
그런 나무 같은 사람이 되고 싶습니다.
덥고 힘들 때면

시원하게 쉬어 갈 수도 있고
기대어 앉아서 책도 읽고
도란도란 이야기도 나눌 수 있는
그런 나무 같은 사람이 되고 싶습니다.

나무가 크면 클수록 그늘도 함께 커지지요.
씨앗에 불과했던 제가
싹을 틔워 새싹이 되고
부푼 꿈을 안고
지금 이렇게 무럭무럭 자라고 있습니다.
참 기대되지요.
저도 기대가 됩니다.
얼마나 아름드리 큰
멋지고 듬직한 나무 같은 제가 될지.

찬란하게 빛나는 봄날,
여기 오신 분들 모두,
매일 매일 행복하셨으면 좋겠습니다.

2021.04.25. 일. pm10:31 글을 쓰다.

24__ 깊이 박힌 습관

이제 글을 쓰는 게
습관인가보다.
어느새 습관으로 자리 잡은 모양입니다.
쓰고 싶지 않은데
안 쓰려니
손가락이 근질근질합니다.

쓸 것도 없고
쓰고자 하는 의욕도 없고
그래서 쓰고 싶지도 않은데
나 몰라라 하자니
밤새 뒤척일 것만 같습니다.
참 무섭게 자리 잡은 습관입니다.

행동의 습관이 있듯이
생각의 습관도 있습니다.
과거에 해오던 패턴대로 생각하기를
뇌는 참 좋아합니다.
생각의 길이 만들어지는 것이죠.

갈고 닦여진 그 길 대로 의식의 흐름이 이뤄집니다.
이래서 습관이란 것이
무섭고도 중요합니다.

"사행습인운
:생각을 바꾸면, 행동이 바뀌고,
행동을 바꾸면, 습관이 바뀌고,
습관을 바꾸면, 인격이 바뀌고,
인격을 바꾸면, 운명이 바뀐다."

이 또한 뛰어넘고 싶은 올해 저의 임계점이에요.
불현듯 고개를 쑥 내미는 불안 가득한 생각을 바꾸고,
그로 인해 행동부터 운명까지 바꿔보는 것입니다.

"매일, 매 순간, 선택은 당신 몫입니다."
–앤드류 매튜스

새로운 습관 들이기 딱 좋은 계절입니다.
오늘 여러분은 어떤 좋은 습관을 만들고 계신가요?

2021.04.26. 월. pm11:30 글을 쓰다.

25__ 성취습관

하나의 목표를 이루고
성취해 본 경험이 있는 사람은
스스로에 대한 메타인지가 높아집니다.
자기 자신의 강점과 약점이
분명하게 드러나는 경험을 하기 때문이죠.
한 번의 성취 경험은
앞으로 만나게 될 미션들을
두려워하지 않게 합니다.
"한번 해보지 뭐!"라는 생각이 우선하게 되기 때문이죠.

오늘
어떠한 성취를 이루셨나요.
어떠한 것이든 좋습니다.
아주 작은 것이면 더욱 좋습니다.
작은 성취가 쌓이면
성과는 우리에게 발판이 되어주고
딛고 나아가다 보면
어느새
목표한 고지에 도달해 있을 것입니다.

매일의 작은 성취를 위해

내일도 10분 글쓰기는 계속…

2021.04.27. 화. pm11:00 글을 쓰다.

26_ 존귀

문득, 이런 날이 있습니다.

내가 할 일을 찾게 되는 날.

이건 내가 해야 한다고 강하게 느껴지는 날.

오늘이 그러했습니다.

늘 웃고 있었는데 오늘은 울고 있던

그분과의 인연이 시작되었을 때,

분명한 이유가 있다고 생각했습니다.

가장 좋은 것은 가장 좋은 때에 만나는 것인데

지금 내가 그분을 만난 건

분명한 이유가 있다고 생각했습니다.

오늘,

그 이유를 비로소 알게 되었습니다.

다른 사람을 위한 마음에는
따뜻하고도 강한 힘이 들어있어요.
진심을 다하는 마음에는 말이죠.
진심은 통하지요.
온 마음으로 누군가를 위해 애쓰는 힘은
바람결을 타고 나풀나풀 춤을 추며
그 사람에게 닿습니다.
눈에 보이지 않지만 위로가 되고, 힘이 됩니다.

그래서 오늘
진심을 다해
그분을 위해
온 마음으로 바라고 소망해보았습니다.

더 이상 아프지 않도록
한숨은 기쁨의 노래가 되도록
눈물은 기쁨의 눈물이 될 수 있도록.

당신은 참으로 존귀한 존재입니다.

존귀라는 단어로 검색을 하니 『존귀한 자가 사랑받는 것이 아니라 사랑받는 자가 존귀하다』라는 책 제목이 보입니다.

"존귀한 자가 사랑받는 것이 아니라 사랑받는 자가 존귀하다."

당신은 이미 많은 이들로부터 사랑받고 있기에
존귀합니다.

매일매일 '오늘'을 행복하세요.

행복하실 자격이
충분히 있으십니다.

2021.04.28. 수. pm10:50 글을 쓰다.

당신은
존귀한 존재입니다.

27_ V.I.S.I.O.П(비전)

선명하게 그려지는 비전을 만나보신 적이 있으신가요.

그때, 그 장소에 있는 내가 보이는

그런 비전 말이죠.

심장이 두근대고 눈이 번쩍 뜨이고

도파민이 마구마구 솟구치는

그런 비전 말이죠.

오늘 드디어

그런 '비전'을 만났습니다.

"생생하게 꿈을 꾸면 현실이 된다."

―꿈꾸는 다락방 중에서

너무나도 유명한 말입니다.

VIVID(생생한)

DREAM(꿈)

REALIZATION(현실)

소망을 담은 꿈을 이루기 위해

원대한 꿈을 위해

눈이 아프도록 쨍한 VIVID한 색감으로

상상해 본 적이

있으신가요.

희미했던 일이

오늘 또렷해졌습니다.

원하는 목적지로 가는 길이 구름 속에 가려서

보이지 않던 그 길이

구름이 걷히고 명확해졌습니다.

이런 경험이 처음이기에

더욱 소중합니다.

가슴이 뛰고, 입가엔 미소가 번지는

그런 비전을 만났으니

VIVID하게

꿈을 꾸어보도록 하겠습니다.

어떻게 해서든

그때, 그 장소에

내가 있기 위해서요.

더욱 큰, 원대한 비전을 위한

단단한 디딤돌이 될 수 있도록 말이죠.

설레는 비전을 만난 오늘

살아야 할 이유가

하나 더 생겼습니다.

그래서

행복합니다.

"너는 한도 없이 꿈을 꾸어라. 내가 다 갚을 테니"

– The time gose on(비와이)

2021.04.29. 목. pm10:31 글을 쓰다.

28__ 하늘 아래 새로운 것은 없다

"하늘 아래 새로운 것은 없다."

익숙하고도 널리 알려진 말입니다.
어차피 새로운 것은 없으므로 그냥 시작하라는
그저 도전하라는
just do it 하라는 의미이지요.
무언가를 시작하기 전에
자연스레 드는 두려운 마음을 달래주는 문장입니다.

0에서 1이 될지(완전히 새로운)
1/n이 될지(제 2의 OOO, 제 3의 OOO 등)에 대한 이야기는 차치하고
도전!!! 할 수 있도록
용기를 북돋아주는 격려에 대한 이야기입니다.

아. 그런데 오늘은,
정말 시간이 부족한 관계로
여기까지만 이야기하도록 하고요.
다음에 다시 이어서 해볼 수 있도록 해요.

오늘은 그저,

다음 이야기가 하고 싶었습니다.

나만의 색깔은 분명히 있으니

그저

Just do it!

그래서

오늘도 내 색깔대로

매일 10분 글쓰기는 계속됩니다.

"당신만의 색깔로

그저 JUST DO IT 하세요."

2021.04.30. 금. pm11:41 글을 쓰다.

당신만의 색깔로.
JUST DO IT.

29__ 인연

오늘 하루 동안 참으로 많은 인연들과 연결되었습니다.
그중에는
그냥 흘러가는 인연도 있겠고
끈끈하게 이어지는 인연도 있을 거예요.
어느 쪽이든 소중하지 않은 건 없습니다.

인연이 이어지는 끈이 있다고 해요.
예측되지 않았던 기분 좋은 인연은
신기하고 반갑습니다.

만나서 기분 좋은,
내가 어찌하지 않아도 연결되는,
그런 인연들을 만난 적이 있습니다.
만나야 할 때,
가장 좋을 때,
반드시 연결해 주는 그 힘에
감탄하게 되는 경우가 생기더라고요.
놀라운 경험이었습니다.
그 경험 후로는

인연이 이어지는 것에는
분명한 이유가 있다고
더욱 확신하게 되었습니다.

우리가 오늘 만난 것도
분명 '운명'이며, '인연'입니다.
우연이 이어진 우리의 인연이
반짝반짝,
찬란하게 빛날 수 있도록
제가 더욱 노력하겠습니다.
저랑 함께 걸어주지 않으시겠어요?

"만나면 반짝이게 되는 우리는, 인연입니다."

2021.05.01. 토. pm10:37 글을 쓰다.

30__ 일상

밤 10시 40분에 글을 쓰려고 컴퓨터를 켰는데 말이죠.
오늘 또 머릿속이 텅~ 비어 버린 상태입니다.

10분을 사부작대다가 다시 컴퓨터 앞에 앉습니다.

오늘은 뭐가 있었을까요?

음…
기상하자마자,
한 시간 동안 독해 훈련을 했어요.
그러고는 1년 3개월째 아침 공복 운동을 했고,
운동을 마친 후,
○○바게트의 햄치즈머핀으로 풍성하게 아침 식사를 했어요.

그리고 카페에 가서 아이스 라테 한 잔과 함께
공부하고 있는 내용을 정리했습니다.

어느 때보다도 평안하고 잠잠했던 오늘이었어요.

아!
오늘 새로운 일에도 도전했어요.
'하늘 아래 새로운 것은 없다'
엊그제 썼던 이야기였는데
그 일을 오늘 도전했습니다.

제게 정말 필요했던 분야였는데 가르쳐주시고,
용기와 격려를 해주신 분이 계셔서
도전할 수 있었어요.
이렇게 이어지는 인연들이
참으로 행복하고, 감사합니다.

오늘은 하늘도 참 깨끗했어요.
깨끗하고 파란 하늘색만큼이나
저의 오늘은 맑았습니다.

당신의 오늘은 어떠셨나요?
당신의 오늘이 궁금해집니다.^^

2021.05.02. 일. pm10:50 글을 쓰다.

31__ 지금, 여기. 그리고 우리

참 바빠요.
오늘은 특히나 바빴어요.
그런데 이 바쁨이 정말 좋아요.

바쁨은 감사한 일이죠.

많은 일을 해낼 수 있는 건강함에 감사하고

해내고자 하는 저의 의지력에 감사해요.

그러기에

무진장 바빴던 오늘 하루는 제게

반짝이는 행복입니다.

지하철 도서관에서 책을 읽던 중이었어요.

온전하게

지금, 이 순간을 찬찬히,

초침을 조금 늦게 돌려가며

차근하게 주변의 모든 것들을 바라보는 이 시간이,

생각의 속도를 늦춰가며 이동하는 이 시간이,

더할 나위 없이

소중했습니다.

그리고

지금, 여기를 있는 그대로

온전하게 느낄 수 있도록

생각의 속도를 가끔 늦춰야겠다고 다짐해봅니다.

늦춰서 천천히 보면

사랑하고 아끼는 사람들이 더 잘 보여요.

지금, 여기

그리고 우리가 있어서

오늘 하루도

참으로 반짝이고

행복했습니다.

그래서

감사합니다.

반짝이는 지금, 여기가 소중해지는 것은

당신 덕분입니다.

2021.05.03. 월. pm10:00 글을 쓰다.

지금, 여기
그리고, 우리

32__ 선물

파도와 함께 불어오는 바람에
하얀 커튼이 춤을 춥니다.

찰싹찰싹
쏴아아아아아~~
들려오는 파도 소리에
잠시 생각을 멈추어봅니다.

모니터를 주시하고 있던 시선도 어느새
창밖 파도에 머뭅니다.
하얗게 부서지는 파도가
깜깜한 밤에도 반짝입니다.

춤을 추는 커튼에
찰싹이는 파도소리에
하얗게 부서지는 파도의 반짝임에
글을 쓰다가 멈추기를 반복합니다.

이 모든 것이 '선물'입니다.

바빴던 오늘 하루도
뜻밖의 여행길도
노오란 불빛에 글을 쓰는 이 순간도

모든 것이
'선물'입니다.

그중에서 가장 귀하고 소중한 선물은,
이제 더 이상 울지 말라고
하늘이 제게 보내준

당신, 입니다.
"하늘이 제게 보내준 당신은, 선물입니다."

2021.05.04. 화. pm.11:12 글을 쓰다.

33__ 사랑합니다

"사랑합니다."
"존경합니다."

"감사합니다."

"보고 싶었습니다."
"그리웠습니다."
"당신이 참, 좋습니다."

"덕분이에요."
"당신 덕분입니다."
"덕분으로 해낼 수 있었어요."

"덕분으로 행복합니다."
"덕분으로 기쁩니다."
"덕분으로 기분이 좋습니다."
"덕분으로 오늘 하루가 참 감사합니다."

"멋져요."
"당신을 믿어요."
"당신은 해낼 수 있어요."
"왜냐면, 당신이니깐요."

있는 그대로 마음을 흠뻑 표현해봅니다.

사랑합니다.

감사합니다.

덕분입니다.

엄마가 하늘나라로 가시기 몇 개월 전

문득 이런 생각이 들었어요.

사랑한다고,

지금 이 순간 바로

말해야겠다.

그전에는 해보지 않은 말이었죠.

쑥스러워서인지 해본 경험이 없어서인지

한 번도 하지 않았다는 생각이 들며

지금 이 말을 하지 않으면 후회하겠다.

라는 생각이 강하게 들었어요.

그래서, 처음으로 내뱉습니다.

조금 쑥스럽더라고요.

엄마는 씨~익 웃으십니다.

그리고 그게 마지막이었습니다.

마지막 인사도 나누지 못한 채 엄마를 보내고

그 말을 다시 할 수 없었죠.

한 번씩
그때 그 순간
그 공간의 공기와
주물럭거리던 엄마 손의 촉감이
그대로 느껴집니다.
항암치료는 힘들었지만 잘 끝났고
추적 검사만 하면 되었을 때라
그 시간이 영원할 것만 같았어요.
사랑한다는 말도
더 많이 할 수 있을 줄만 알았죠.

그리고

배웠어요.
전달하고 싶은 마음은
늦추지 말고
바로 이야기해야 한다는 것을요.
마음을 전달하기 가장 적당한 때는
바로 지금,

이 순간입니다.

존경하는 부모님,
사랑하는 가족, 배우자, 자녀,
소중한 사람들에게
지금 그 자리,
그곳에서
마음을 이야기해 주세요.

"사랑합니다.
존경합니다.
감사합니다.
나는 당신이 참, 좋습니다."

2021.05.05. 수. p.m.10:31 글을 쓰다.

사랑합니다.
존경합니다.
당신이, 참 좋습니다.

34__ 기회

"기회다.
내게 다가오는 이 기회의 앞머리를
나는 꽈~악! 움켜쥘 것이다."

참 희한하죠.
기회라는 것이 보이기 시작합니다.

기회의 신은 뒷머리가 없기에
휙~ 지나가 버리면 잡고 싶어도
쑤욱 손에서 빠져 나갑니다.

기회인지 아닌지도 모르고
지나쳐 버린,
인사도 못한 채
지나가게 내버려 둬버린 기회들이 숱할 텐데

요즘,
제게 찾아오는 기회들이 보이기 시작합니다.

상황은 예나 지금이나 같을 수 있어요.
달라진 건,
제 시선의 끝입니다.

목표 지점을 알고 있고
목표하는 방향을 바라보고
그곳을 계속 주시하고 있는 제 시선이 모아지는
그 끝을 제가 또렷이 알고 있기에
예전 같으면 위기로 느껴질 수 있는 것들도
기회로 다가옵니다.

참, 신기한 일이에요.
이 글을 쓰는 중에도
목표와 연결하면 좋을 기회가
똑똑
문을 두드리며
들어가도 되겠냐고 물어봅니다.

기회입니다.
만나는 모든 것들이
사실, 기회입니다.

성과를 만들어 낼 기회

좋은 인연으로 이어질 기회

숙원을 풀 기회

모든 것은

나의 시선이 어디에 머무느냐에 따라

위기가 되기도 하고, 기회가 되기도 합니다.

반드시 내게 좋은 기회가 되도록 만들고 싶다는 생각이 드는

그것을 만났으니

숙원을 풀 수 있도록

감사한 마음으로

준비하고 훈련해야겠습니다.

오늘 어떤 기회를 만나셨나요.

좋은 성과로

좋은 인연으로

좋은 삶으로 이어갈 수 있게 되시길 소망합니다.

"기회, 어서 와! 반가워!"

2021.05.06. 목. pm07:38 글을 쓰다.

35__ 기리다

정말 멋지셨습니다.
목적에 대한 열정 가득함이었습니다.
새벽부터 새벽까지.

익숙함에 속아 그 귀함을 미처 몰랐습니다.
너무 어렸고,
알았을 때는 너무 늦었고.

못다 한 말들은
가슴에 켜켜이 쌓여
단단한 돌이 되고,
빠지지 않는 깊이 박힌 대못이 되어갔습니다.

한참 후에야
정말 한참 후에야 비로소
대못이 서서히 빠지기 시작했습니다.

미안함과 죄송함이 한데 뒤섞여서
단단히 박혀 버린

도대체 빠지지 않을 것 같은
그 대못이 말이죠.

그건 어쩜,
스스로가 뺄 생각이 없는지도 모르겠습니다.

미안함에 대한
죄송함에 대한
그리고
용서를 구하지 못하고 헤어진 것에 대한
댓가라고 생각했었거든요.

한참이 지난 후에야
알게 되었어요.

나는 헤아릴 수 없을 만큼 사랑을 받았고
여전히 받고 있고,
그렇기 때문에
이미 용서받았고
그 잘못과 실수는 내 자체가 아니니
나를 내가 용서해야 하는 것을

작년에서야 비로소 알게 되었습니다.

그때 오늘입니다.
푸르른 5월의 7일
아침에 오늘의 날짜를 읊는데
가슴이 먹먹해집니다.
눈시울이 붉어집니다.

15년이 지났음에도
아직도 그때 그 공간의
공기들이 생생합니다.

곤히 잠들어있는 것만 같았는데
의식은 깨어나지 않았고
마지막 인사를 나눠야 한다는
통보를 받았고
쌍방이 아닌
일방적으로 말을 건네는 중에
의식 없이 곤히 주무시는 것만 같아 보이던
당신이 흘리셨던 눈물을
영원히 기억합니다.

정말 멋지셨어요.

정말 멋지셨습니다.

멋진 삶을 살아내셨습니다.

이 말들을

하기 시작했을 때는

너무 늦었었어요.

그래서 죄송합니다.

그리고 감사합니다.

헤아릴 수 없을 만큼의 사랑을 주셨습니다.

바라는 건 단 한 가지예요.

추운 것 싫어하셨었는데

따뜻한 곳에서 함박웃음 지으며

순간순간이 즐거우시길 바랄 뿐입니다.

존경합니다.

사랑합니다.

엄마의 삶, 그 반만 살아도

참 멋진 인생이 될 것 같아요.

다시 만났을 때

저도 함박웃음 지을 수 있도록

감사히 선물 받은 삶,

멋지게 살아내도록 할게요.

감사합니다.

엄마의 딸이어서

감사합니다.

2021.05.07. 금. ㎩10:31 글을 쓰다.

36__ 오늘

가끔 가출하는 멘탈

오늘도 집을 나가버렸다.

언제 다시 돌아올래.

내일이면 돌아오려나.

난 그 자리에 그대로 있을게.

제자리로 잘 찾아와주렴.

오늘은 3분 글쓰기.

밖에서 쓰려니 맘대로 안 되어
그나마 남아 있는 멘탈도 바스슥.

그럼에도
10분 글쓰기는 계속…

2021.05.08. 토. pm11:21 글을 쓰다.

37 ꘐ B.R.E.A.T.H(숨)

쓰고 싶은 이야기가 있었는데
글을 쓰기 전 듣게 된 노래 덕분인지, 때문인지
글의 방향이 달라집니다.

들어본 적 있으세요?

오늘 하루 쉴 숨이
오늘 하루 쉴 곳이

오늘만큼 이렇게 또 한 번 살아가

침대 밑에 놓아둔

지난 밤에 꾼 꿈이

지친 맘을 덮으며

눈을 감는다 괜찮아

남들과는 조금은 다른 모양 속에

나 홀로 잠들어

다시 오는 아침에

눈을 뜨면 웃고프다.

오늘 같은 밤

이대로 머물러도 될 꿈이라면

바랄 수 없는 걸 바라도 된다면

두렵지 않다면 너처럼

오늘 같은 날

마른 줄 알았던

오래된 눈물이 흐르면

잠들지 않는

내 작은 가슴이 숨을 쉰다.

끝도 없이 먼 하늘

날아가는 새처럼

뒤돌아보지 않을래.

이 길 너머 어딘가 봄이

힘없이 멈춰있던

세상에 비가 내리고

다시 자라난 오늘

그 하루를 살아

오늘 같은 밤

이대로 머물러도 될 꿈이라면

바랄 수 없는 걸 바라도 된다면

두렵지 않다면 너처럼

오늘 같은 날

마른 줄 알았던

오래된 눈물이 흐르면

잠들지 않는

이 어린 가슴이 숨을 쉰다.

고단했던 내 하루가 숨을 쉰다.

박효신의 '숨'(Breath)입니다.

재작년에 처음 이 노래를 들었습니다.

어느 날 새벽, 무한반복으로 들었던 노래.

오늘 다시금 무한반복하며

이렇게 멋진 가사, 멋진 글,

저도 써보고 싶다는 생각과 함께

마른 줄 알았던

오래된 눈물이 흐르지만

저의 어린 가슴이 숨을 쉬는 오늘을

감사로, 선물로 받아봅니다.

2021.05.09. 일. pm10:57 글을 쓰다.

38__ 추억, 보물

킥킥, 큭큭

혼자서 킥킥, 큭큭

웃어댑니다.

얼마 만에 펼쳐보는 다이어리인지

검은 땟국물이 줄줄 흘러나오는

고향집 책장 속에서 한참을 방치되었던

학창 시절 다이어리를 닦고 닦아
고이 모셔왔습니다.

"고모~ 고모, 그거 고모 다이어리예요?
보고 싶어요. 볼래요. 볼래요!"
"이건, 안 돼."
"왜요? 왜요!!"
"욕이 너무 많이 써 있어. 하하하하하하"

그때 그 시절의 저는
권력, 권위, 위계질서에 꽤나 날카로웠고,
친구들에겐 한없이 웃어주었던
그리고
감사하게도
친구들이 품어주며 많이 좋아해주던
그런 저였어요.

고향집에서 가져온 다이어리를 들여다보며
시간 가는 줄 모르고
한참을 혼자 킥킥대고 웃어봅니다.
그때 그 시절의 친구들

모두 잘 지내겠지요?

꾸준히 연락이 닿는 친구들도 있고

끊어진 친구도 있어요.

좋아하는 마음들을

있는 그대로

듬뿍 표현하고

서로 응원해 주고

격려해 주던

소중했던 친구들이

많이 생각나는 지금입니다.

그때 그 시절

너희들이 있었기에

참 행복했다.

1학년 9반? 13반? (가물가물하네)

2학년 8반

3학년 3반

사랑했다.

사랑한다.

고마웠고,

고맙다.

진심으로.

2021.05.10. 월. pm11:17 글을 쓰다.

고맙고
고맙다.
사랑한다.

39__ 戀.人.(연인)

글을 쓰려고 컴퓨터 앞에 앉았는데
노래만 반복해서 듣고 있습니다.

좋아하는 가수인데도
좋아하는 곡 몇 개만 아는 정도였었거든요.
이렇게 또 한 곡 알게 됩니다.

좀 슬퍼하면 어때

혼자인 게 뭐가 어때

이렇게 너와 나

외로운 우리는

쉽게 위로하지 않고

서둘러 웃지 않아도

고요히 물드는

눈빛으로 알 수 있는

이렇게 너와 나

아마도 우리는

박효신 님의 '연인'입니다.

함께 있어야 외롭지 않다는 말보다는

함께 외로울 때

우리는 혼자가 아님을 이야기하고 싶었다는

노래의 배경을 알고 들으니

더욱 깊게 울립니다.

연인이라 하면

남녀 사이에서 사용하는 말일 텐데

이 노래를 듣고 있자면
연인이라는 범위가 넓어지는 것 같아요.

"연인
오! 나의 연인아
내 사랑아
넌 나의 기쁨이야."

사랑하는 존재,
기쁨이 되는 존재,
그 인연들은 모두 연인이 되지 않을까 하는
생각이 듭니다.

"넌 나의 기쁨이야!"
라고 흔쾌히 말할 수 있는 존재가 있으세요?

여러분의 기쁨이 되는
그 존재를
지금,
한 번 더 아름드리 안아주세요.
한 번 더 따뜻하게 불러주세요.

그리고 한 번 더,

넌 혼자가 아니라고
이야기해주세요.

"넌 나의 기쁨이야.
눈부신 그대의 이름으로
날 지켜주오.
너의 그 슬픔과
기나긴 외로움에는 모든 이유가 있다는 걸
너의 그 이유가
세상을 바꿔 갈 빛이라는 걸
그대는 나만의 연인이오."

2021.05.11. 화. pm10:01 글을 쓰다.

40__ 광활한 그곳으로 내딛는 첫걸음

꼴까닥!
넘어갑니다.
깔딱고개
100일을.

그리고 새로이 내딛습니다.
광활한 그곳으로 내딛는 첫걸음을요.

매일 10분 글쓰기로 시작한 이 미션이
스스로와의 약속이
100일을 드디어 넘긴 오늘입니다.

주중 글쓰기가 아니라
매일 글쓰기로 타이틀이 잡혀 있으니,
매일,
무슨 일이 있어도,
단 몇 줄을 쓰더라도,
반드시,
스스로와의 약속을 지키겠다고

다짐했던 저와의 약속을 지켜냈습니다.

깔딱고개를 넘었다고 끝은 아닙니다.
이제 다시 시작입니다.
새로운 시작입니다.
이제 겨우 문고리를 잡고 열었을 뿐이에요.

활짝 열린 문 앞에는
한눈에 담기지 않을 정도로
광활함이 펼쳐집니다.

저 광할함을 저의 품에 다 담아보겠다는
원대하고도 원대한 큰 꿈이 있기에
새로운 힘을 냅니다.

하고 싶은 것과 해야 할 것이 교집합 된 지금,
저는 여느 때보다도 청춘입니다.

당신의 파란 청춘도 온맘으로 응원합니다.

2021.05.12. 수. pm10:41 글을 쓰다.

41__ 완성의 착각

오늘 우연히 영상 하나를 보게 되었습니다.
메타인지에 관한 리사 손 교수님의 강연이었는데요.

아, 맞네요.
사두고 아직 읽지 못한 책
'메타인지 학습법'의 저자이시네요.

강연 중에
귀에 들어오는 표현이 있어서
더욱 귀에 담아보았습니다.

'완성의 착각'
쉽게 말하면,
완성된 상태로 시작을 해야 하고,
완성된 상태가 아니라고 생각이 들 때 발을 뒤로 빼는,
스스로가 미완성 상태임을 인지하지 못하는 착각,
또한 동시에 다른 사람들도
미완성 상태임을 잊어버리게 되는 것!

뒤집어보면,

완성된 상태를 다 만들어놓고 시작하지 말고,

나 스스로는 미완성 상태임을 정확히 인지하고

동시에 상대방도 미완성 상태임을 인지하라는 것.

또한, 어떠한 고비를 넘겼을 때

순간의 기분으로 완성되었다고 생각하지 말 것.

같은 거부감은 다른 상황에서

다시 또 생길 수 있으므로 완성의 착각에 빠지게 되면

나를 내가 보호하지 못하는 상황이 된다는 것.

인상 깊었던 표현이었어요.

그래서,

당신은,

그 모습 그대로

충분히 반짝입니다.

2021.05.13. 목. pm11:22 글을 쓰다.

42__ B.E.N.E.V.O.L.E.N.T.

감사하고
고맙습니다.

"Benevolent Tree."

퇴사하시는 선생님의
센스 넘치는 선물에
하루가 더욱 감사합니다.

상대방을 표현해주는 단어와 함께
건네주는 장미꽃 한 송이 한 송이는
받는 사람의 마음을 따뜻하게 합니다.

저를 생각했을 때 바로 떠오르셨다는
단어는, 'Benevolent'입니다.
Tree가 뒤에 붙었으니
Benevolent하는 열매가
더욱 주렁주렁 맺어지는
제가 되도록 하겠습니다.

감사하고

고맙습니다.

덕분에

저의 오늘이 반짝입니다.

2021.05.14. 금. ㎩11:25 글을 쓰다.

당신이 꽃입니다.

43__ 오늘도 덕분입니다.

오늘 하루 어떠셨어요?

저는 오늘 정말 정말 기쁨이 넘치는 하루였어요.

늘 매일매일 선물로 받는 오늘이지만

오늘은 좀 더 특별했답니다.

아침 운동을 하면서는 지저귀는 새소리도 듣고요.

새로이 도전하는 분야의 기다리던 소식도 들렸어요.

너무나도 기뻐서 그 자리에서 방방 뛰었답니다.

공원에 앉아 계시는 아주머니가 의아하게 쳐다보시더군요.

아무렴 어때요.

너무나도 설레는 일에 가슴이 벅차거든요.

그리고

고마운 분들에게 인사를 나누었고요.

감사의 마음을 전달했어요.

감사를 전하는 마음은

늘 행복합니다.

감사한 일이 있었고,

감사할 대상이 있는 것은

서로에게 꽤 멋진 일이에요.

감사가 넘치면

감사할 일이 제 발로 찾아오게 합니다.^^

사랑하는 책도 읽고,

밀린 강의도 들었어요.

좋아하는 카페에서 말이죠.

단골 카페의 커피는 진짜 맛이 좋아요.

그곳의 카푸치노는 특히나 멋집니다.

다음에 그곳으로 당신을 초대하고 싶습니다.

구매하고 싶은 책도 구매했어요.

새 책은 늘 설레고,

기다리던 책은 특히나 두근두근합니다.

그리고 정말 반가운 분의 소식도 들렸어요.

많이 많이 뵙고 싶은 분이었거든요.

오랜만의 인사에 너무나도 반가워서

오늘 제가 흥이 넘쳤답니다.^^

내일은 좀 가라앉혀볼게요.^^

기다리던 분의 오랜만의 인사도 정말 반가웠는데

시원한 선물까지 주십니다.

이렇게 멋진 분을,

제가 더욱 감사합니다.

여러분의 오늘은 어떠셨나요?

분명히 그곳에서 반짝반짝 빛나셨을 거예요.

당신을 만나,

저는 더욱 행복합니다.

감사합니다.

2021.05.15. 토. pm11:26 글을 쓰다.

덕분으로
오늘이 더욱
특별해집니다.

44__ 디카페인 아이스 라떼 한 잔이요

오늘도 노래가 다 합니다.

종일 잠을 잔 터라

어떤 이야기를 써야 할지 텅~ 비었었는데

글을 쓰기 전 듣는 노래 덕분에

첫 문장을 시작합니다.

오늘 하루의 마무리는
디카페인 아이스 라떼 한 잔과 함께였어요.
비가 오는 저녁과도 잘 어울립니다.
좋아하는 노래를 들으며
비 오는 밤에 드라이브 겸
한 잔 사 들고 온 디카페인 아이스 라떼 1잔으로
오늘의 빈틈을 채워봅니다.

충분히 잠도 잤고,
디카페인 커피 1잔까지 마셨으니
노래들 들으며 못다 한 정리를 해보도록 할게요^^

비어 있던 곳들 가득 채우게 되는 밤 되세요~

내일 또 만나요^^

오늘 하루도,
참 감사했습니다.

2021.05.16. 일. pm11:04 글을 쓰다.

45__ 설렘

설렙니다.

내일부터
도전이 시작되거든요.
좋아하는 것들의 집합체는
언제나 설렙니다.
눈이 반짝여요.

모든 것이 감사입니다.
도전할 수 있는 건강함이,
든든하게 지원해 주는 지원군이,
설레며 기대하는 저 자신도,
모든 것이 감사입니다.

오랜만에 또 이렇게 가슴 뛰는 일이 생깁니다.
그저 감사합니다.
도전은 늘,
생생하게 살아있는 숨을 쉬게 합니다.

오늘 어떤 설레는 일을 만나셨나요?

저는 이렇게
멋지고, 따뜻한 당신을 만나는 것이
무엇보다도 가장 설렙니다.

2021.05.17. 월. pm09:52 글을 쓰다.

반짝일 내일이 있기에
설레는 오늘입니다.

46__ 처음 같은 시작

이렇게 밤 12시가 임박해서 쓰는 글도
때로는 스릴있고 좋죠.
요즘 부쩍 자주 그렇긴 하지만요.

처음 같은 시작이에요.

처음은 아닌데 처음 같은.

그래서 더 설레고 기대됩니다.

갈 길이 좀, 짧은 것 같으면서도 멀지만

까짓 것,

한번 해봐야죠.

대수롭지 않지만

대수롭지 않다고 애써 생각하며,

최면을 걸며

주문을 걸어보겠습니다.

나는 할 수 있다.

나는 할 수 있다.

나는 걱정이 없다.

나는 걱정이 없다.

나는 매일 그저 한다.

주문 덕에

평안한 오늘 밤을 보내고

오늘은 잊어버리고 새로 시작하는 내일을
맞이하겠습니다.

내일 또 만나요^^

2021.05.18. 화. pm11:23 글을 쓰다.

내일을 향해 날아가는
한 발의 화살이 되어라.

47__ 음악(1)

캬~~
세상은 넓고,
들을 음악은 참 많다.

글을 쓰기 전, 항상 음악을 듣는데요.

늘 듣는 음악 리스트가 있어요.

요 며칠 동안은 변화구로 다른 리스트들을 듣고 있는데,

둠칫둠칫~

취향 저격인 노래들이 이토록 많습니다.

음악 감상에 잠시 푹 빠져봅니다.

대학생 시절,

음악에 편식하지 말라며

노래 추천해 주던 멋진 친구가 떠오릅니다.

녀석. 어쩜 그리도 멋진 생각을 할 수 있을까요.

보고싶다. 친구야.

음악 편식은 여전하긴 하지만,

음악을 듣는 동안에는

현실과 잠시 동떨어지는 신기한 경험을 하며

듣고 싶은 음악을

듣고 싶을 때

들을 수 있어서 감사한 밤입니다.

어떤 음악을 좋아하시나요?^^

저는 이 녀석들로
오늘 하루 마무리하겠습니다.

내일 또 뵈어요.

2021.05.19. 수. ㎰10:21 글을 쓰다.

48__ 음악(2)

오늘도 역시,
깜깜…

소재 고갈일까요?
아, 뭐 이럴 때도 있죠.
요즘 부쩍 글쓰기가 쉽지 않은 것 같아서
입이 바짝 타지만요^^

어제 들었던 둠칫한 음악을

오늘 또 듣습니다.

오늘도 이렇게 노래 들으며
하루를 정리합니다.

오늘 하루도 멋지셨습니다.
따뜻한 밤 되세요.^^

내일 또 뵙겠습니다.^^
매일 10분 글쓰기는 계속됩니다.

2021.05.20. 목. pm10:38 글을 쓰다.

49__ 오후 6시, 아이스 아메리카노 한 잔이요

오후 6시.
여느 때 같으면 이 시간에 마시지 않을 커피 한 잔을
오늘은 도전해봅니다.
집중할 공간이 필요했고,
도전하는 미션 덕분에
오늘 4시 이후에는 아메리카노와 물 이외엔
먹을 수 있는 게 없고,
궁리 끝에 아메리카노 샷 1개로 의기투합해봅니다.

몇 발자국이면 갈 수 있는 단골 카페가 있어서 감사하고,
늘 편안하게 안아주는 공간이 있어 감사합니다.
언제나 밝게 맞아주는 바리스타 분도 감사합니다.
어쩜 그리도 취향 저격인 음악을 틀어주시는지
좋아하는 음악이 흐르는 공간에 묻혀 있을 수 있어서
감사합니다.

여러분의 아지트는 어떤 곳일까요?
그곳도 참으로 따뜻한 공간일 거예요.

있는 동안 더욱 반짝이게 되는
당신의 아지트가 궁금해지는 밤입니다.

"저랑,

커피 한 잔

하지 않으실래요?"

2021.05.21. 금. pm11:22 글을 쓰다.

50__ 물리와 인문학

지난 금요일이었습니다.
회의하며 깜짝 특강이 있었는데요.
열역학의 법칙, 물리와 인문적 사고방식의
연결점을 나누는 시간이었어요.

단 한번도 연결지어 생각지 못했는데
다름은 역시 다름입니다.

물리와 인간의 습성이 연결되다니

단 한 번도 생각하지 못했는데
눈이 번쩍 뜨입니다.
질서가 없으면 엔트로피는 증가되고
우리는 그와 반대로 살아야 한다는.

'이게 맞는 길인가?'
의구심이 자꾸 들 때는 맞는 길이라는 것.

인간은 편한 것
익숙한 것에
더 가까이 있고자 하는데
그 반대로 가야만
성장하는 삶을 살 수 있다는 것.

편함으로 이끄는 본능을
성장하는 방향으로
어렵지만 용기를 가지고
영차영차 끌고 가야 한다는 것.

깜짝 특강의 요지는
이렇게 정리될 수 있습니다.

용기(Brave)

맞는 길임을 알고도

용기가 아직 부족한 제게

다시 한번 일깨움이 생기는 순간이었습니다.

본능을 이겨내는

강단과 용기,

그리고 끈기와 성실.

어느 때보다 필요한 때입니다.

*엔트로피(entropy)는 물질이 변화되는 경향성을 설명하는 개념인 '무질

서도의 척도', 즉 '무질서한 정도'를 의미한다. ─출처: 다음 사전

2021.05.22. 토. pm10:13 글을 쓰다.

*51*___ **자, 가보겠습니다(1)**

혼미1)

오늘은 오전부터 정신이 혼미합니다.

정신이 오락가락 들락날락

후회와 반복을 다짐하며 오전을 보냅니다.

이런…

반복을 다짐한다고 쓰다니.

아직도 혼미한 상태임이 맞습니다.

'후회와 다짐을 반복하며'

혼미2)

오늘 뜻하지 않게 MBTI를 하게 됩니다.

그리고 전혀 예상치 못한 결과가 나옵니다.

저의 유형은,

"가장 흔치 않은 성격 유형으로 인구의 채 1%도 되지 않습니다."

라고 정의가 되어 있어요.

웃어야 하는 건지, 울어야 하는 건지요.

일단은 호탕하게 웃어봅니다.

예전에 했었을 때와의 다른 결과지에 당황스러우면서도,

이번에 나온 성격의 유형이

저하고 상당히 겹쳐서 놀랍기도 합니다.

INFJ-A, INFJ-T

혼미3)

오늘의 혼미는 모두 웃음이 납니다.

기분 좋은 혼미입니다.

갈 길이 멀어서 나는 실웃음이긴 한데

기분이 좋습니다.

할 게 많거든요.

할 일이 많아서 참 좋습니다.

공부할 것도 많고요.

배워야 할 것도 많고요.

할 게 많으니

의지를 불태우게 하는 것도 좋고요.

닮고 싶은 사람들이 있어서

더 좋고요.

자, 그래서

내일도 힘차게 가보겠습니다.

2021.05.24. 월. pm11:38 글을 쓰다.

52__ 역시나, 좋아요

하~~~~~
하품이 절로 나오는 시간입니다.

어서 오세요:)
오늘은 어제보다는 일찍 만나게 되네요.

오늘, 새로운
난생 처음으로 해보는 어떠한 것에
도전해보았어요.
심장이 두근두근 뛰며 설렜고,
역시나 좋았습니다.
그래서 앞으로가 더 기대되고요.
원하는 결과를 만날 수 있을지
멋지게 상상해봅니다.

새로운 환경에
새로운 일에
두려워하지 않고
도전할 수 있는

도전하는

오늘이

오늘의 나는

가장 젊습니다.

내일은,

평소 가보지 않던 길 위에서

걸어보겠습니다.

2021.05.25. 화. pm10:33 글을 쓰다.

53__ FUN(재미)

"와! 재밌다!"

마구마구 흥이 납니다.

도파민이 마구마구 샘솟아요.

운동을 지도해주시는 분 말씀에 집중하게 되고

하나라도 놓칠세라 그분을 빤히 쳐다봅니다.

너무 집중하니

그 순간만큼은 세상의 소리와 잠시 단절되었어요.
그만큼 진짜 재밌었거든요.

웃음이 터져 나옵니다.
나도 잘 해내고 싶다는 욕심과 함께요.

가끔 초집중이 되며
세상과 단절 된 느낌을 받는 순간들이 있어요.

책을 읽을 때 그렇고요.
음악을 들을 때 그래요.
그리고 운동을 할 때,
특히 새로운 운동을 배울 때 그렇습니다.

새로운 종류를 배우거나, 새로운 동작을 배울 때
정말이지 신이 납니다.

덩실덩실~
춤을 추지는 못하지만,
제 눈과 머릿속은 흥겹게 둠칫둠칫합니다.

재미있는 일을 만나는 것도
정말 감사한 일입니다.
나의 자유의지로 어떠한 것을 하게 되는 순간 뿐 아니라,
누가 등 떠밀어 시킨 일에도 재미를 찾는 사람.
내가 직면하는 모든 순간 속에서 재미를 찾는다면,
기쁨은 초 단위로 풍성해지고
이 기쁨들이 차곡차곡 쌓이면
삶 전체가 풍요로워집니다.

오늘 어떤 재미있는 일을 만나셨나요?
최근에 만난 가장 재미있으셨던 일은 무엇이실까요?

2021.05.26. 수. pm10:57 글을 쓰다.

54__ 무념무상(3)

아…

오늘은 정말 無입니다.
아 이렇게나 텅…
마지막 남은 글감의 불씨가
힘겹게 푸우~ 내뱉으며 꺼집니다.

요즘 인풋이 많이 안되어서 그런 것 같아요.

제가 제일 좋아하는
저의 충전식은
좋아하는 카페에 눌러앉아
커피를 꽂아놓고
책보며 생각하고 정리하는 시간을 갖아야
100% 충전되는데,

요즘 이걸 못해서
그러니깐 카페도 가고
책도 보는데

사색을 할 수 있는 책을 많이 못 읽고 있어서
충전이 안 돼요.

이번 주말에
급속 충전에 들어가야겠습니다.
가능하겠지요?^^

2021.05.27. 목. pm11:30 글을 쓰다.

55__ R.E.M.E.M.B.E.R(기억)

기억해요.
오늘을.
지금 내리는 비의 냄새를
우산에서 뚝뚝 떨어지던 빗물을
세차게 불던 비바람도
지저귀는 새소리도

기억해요.
비가 지나 간 후 따스한 햇볕을

얼굴을 스쳐 지나가는 봄바람을
구름이 지나가고 얼굴을 내민
온기를 뿜어주는 태양을

기억해요.
봄 냄새도
여름 냄새도
가을 냄새도
겨울 냄새도

기억해요.
공허할 때
눈물이 가득할 때
주저앉고 싶을 때
일으켜 세우며
어깨를 토닥여주던 당신을.

기억할게요.
당신도 나와 같았을 것이라는 걸.

2021.05.28. 금. pm11:20 글을 쓰다.

56__ 꿈을 꾸며

잠시 그 때로 다녀와 봅니다.
생생하게
꿈이 이루어진 그 순간을
잠시 미래 여행을 다녀와 봅니다.

문득 이런 생각이 들어요.
상상할 수 있는 능력이 얼마나 감사한지요.
바라는 미래를, 꿈을
미리 생각해볼 수 있는,
생각 할 수 있는,
상상해 볼 수 있는 능력이
새삼 기특해집니다.

오늘은 2023년에 다녀왔습니다.
이르면 2022년에 그 꿈을 이루기 바라는 마음을
듬뿍 담아서.

매일 이렇게 상상해볼래요.
소망하던 그 일이 이루어진 순간을

마치 눈앞에서 보는 것처럼
형형색색 입혀 그려볼래요.

그리다 보면,
직접 만져볼 수 있는 그 날도
어느새 만날 것 같습니다.

오늘,
어떤 꿈을 꾸셨나요?

당신이 꿈꾸고 있는 멋진 꿈이 궁금해지는 밤입니다.

2021.05.29. 토. pm11:07 글을 쓰다.

당신의 꿈을
듬뿍 응원합니다.

57__ 반가움(2)

손을 번쩍 흔들어봅니다.
반가운 분을 만났거든요.
저의 손 인사에
밝게 웃으며 화답해주시네요.

"안녕하세요. 잘 지내셨지요?"
"아휴, 그대로네요. 그래서 좋아요."

웃으며 서로를 반겨봅니다.
못 뵌 새 깊어진 주름에
가슴 한쪽이 아려옵니다.
저도 그사이 주름이 하나 더 늘었겠지요.
그런데 건강해 보이는 얼굴에
보이지 않는 제 마음이 활짝 웃고 있습니다.

언제 보아도 참,
반가운 분들이 계십니다.

반가운 친구

반가운 인생 선배

반가운 동생

마스크로 얼굴을 가리고 있지만

마스크 위로 보이는 눈은

언제나 빙그레, 활짝 빛납니다.

햇볕에 비추어지면 더욱 반짝이는 눈빛에

가슴이 따뜻해집니다.

오늘 어떤 반가운 인연들을 만나셨나요.

분명 좋은 인연이셨을 거에요.

지금 이렇게,

당신을 만나는 이 시간도

제겐 정말 소중하고 반갑습니다.

내일 반갑게 또 뵈어요^^

2021.05.30. 일. pm09:57 글을 쓰다.

58__ 충전

충전되는 하루였습니다.
단골 커피숍에 앉아
아이스 아메리카노 한 잔을 마시며
독서를 하고 정리할 일들을 정리합니다.

온전히 내게 집중이 되면
점점 더 깊어집니다.
깊어지는 그 순간에는
세상과 잠시 단절됩니다.

오늘 하루 어떠셨나요?

당신의 충전식은 어떠한지 궁금해집니다.

때때로
깊어지는 나와 만나는 시간을
갖게 되시길 바랍니다.

2021.05.31. 월. pm.11:43 글을 쓰다.

59__ 자, 가보겠습니다(2)

이렇게나 무섭습니다.
스스로와의 약속이
하겠다고 스스로와 했던 약속이 무너지게 되면
그 뒷감당이 어떤 형태로 나타나게 될지
뒤처리를 잘 할 수 있는 자신이 없어서
일단 가보기로 합니다.

매일 글쓰기가
어제로 120일을 찍었습니다.
올해 2월 1일부터 시작된 글쓰기가 말이죠.
어찌어찌 이어왔는데
요즘 부쩍 깔딱고개를 넘어갈랑말랑~
한 계단 위 바로 코앞에 와있는 느낌이기도 하고요.
오늘도 하얀 모니터 앞에서 한참을 서성입니다.

매일 글쓰기가 아닌
'격일 , 주3회, 주중' 글쓰기로 할 걸 그랬습니다. 하하!

하반기의 마지막 달입니다.

오늘 하루 어떠셨나요?

멋진 지난 날들이 쌓여왔기에
다가올 당신의 나날들은 더욱 빛날 것입니다.

자, 그렇다면
힘차게 함께 가보시죠.^^

2021.06.01. 화. pm0:43 글을 쓰다.

60__ 조각, 공간. 나, 그리고

"하나의 조각이 특정한 공간에 놓이면 그 주위 공간 모두가
조각의 영향권 아래 들어온다. 공간 전체에 새로운 성격과
특질이 부여되는 것이다."
『서양화 자신 있게 보기』 중에서

지문을 읽던 중 문득, 생각이 듭니다.

'조각'을 '나'로 대입해보면 어떨까? 라고 말이죠
내가 특정한 공간에 놓였을 때
그 주위의 공간 모두가
나의 영향권 아래로 들어온다.

그리고 '너'로 대입해보아도
'너'가 있는 그 공간에 내가 있다면
'너'의 영향권 아래에 '내'가 들어간다.

그래서
'너'와 '나'는
어떠한 공간에 함께 놓인 순간,
서로의 영향권 안에 들어가는 것이고,
영향을 주고받는다.

그랬을 때,
'나', '너'는
그 순간부터는 본래의 그 자체가 아닌 게 된다.
새로운 성격의, 새로운 기질의 것으로 탄생된다.

"공간 전체에 새로운 성격과 특질이 부여되는 것이다. 물질과 공간이 서로 대응하여 공간 전체에 새로운 성질과 새로운 기운을 창조해 내기 때문이다. 그러므로 조각가는 근본적으로 공간의 창조자라고 할 수 있다. 그렇게 조각의 역사는 '진보' 해왔고, 조각가는 공간의 창조로 '진화' 해왔다."

『서양화 자신 있게 보기』 중에서

그러므로,
같은 공간에 있게 된 '너'와 '나'는
서로의 창조자라고 할 수 있다.
어떤가요?
내가, 그리고 내가 만나는 당신,
서로가 서로에게 멋진 창조자가 될 수 있도록 노력한다면
그보다 멋진 일이 또 있을까요.

당신 곁에 있는 분들께
어떤 창조자가 되어주고 싶으신가요.

제가 당신에게
당신이 저에게

한 단계 '진화'하고

한 걸음 '진보'할 수 있도록 해주는

그런 창조자가

되어주기를 바래봅니다.

2021.06.02. 수. pm07:22 글을 쓰다.

흰 도화지에
그려지는대로
칠해지는대로

61__ 초목처럼, 초목같이

아침 들녘의 초목처럼

때로는

싱그럽게

태평하게

초연하게
갖가지 색으로 입혀져 활짝 핀 꽃들과
어깨를 나란히.

바람이 불어오면
불어오는 방향대로
머리를 흩날리기.

비구름이 몰려온 후
떨어지는 빗방울을
두 팔 가득 벌려
반갑게 맞아주는
초목처럼.

이른 아침에 맺힌
맑은 이슬에
깨끗이 얼굴 씻는
초목처럼.

늦가을 낙엽과 함께 신나 뒹굴며
함께 물들어가는

초목처럼.

때로는

태연하게

기운차게

풍요롭게

살아가기.

2021.06.03. 목. pm11:26 글을 쓰다.

62__ 여백

"여백은 그림의 주제를 더욱 선명하게 한다. 여백은 하늘일

수도, 땅일 수도 있다."

— 작자 미상

좀처럼 여백이 보이지 않는 요즘입니다.

꽉 채워져 있지만,

공허하고,

채워져 있어 풍부하지만

풍요롭지는 않습니다.

가득하지만,

선명하지 않습니다.

하늘도,

땅도,

바람도,

나무도,

보이지 않는

틈이 없는 요즘인 것만 같습니다.

그래서 생각이 깊어집니다.

여백이 있는

오늘을

기대하고 꿈꿔봅니다.

주제가 선명해지고,

하늘도, 땅도 흠뻑 볼 수 있는,

바람도, 비도 온 몸으로 느낄 수 있는 오늘을.

여백의 틈 사이로

풍요로움이 가득한,

비워지는 여백 속에서

비로소 풍요로워지는

나를 만날 수 있게 되는,

그 날을

당신도 만나게 되시길 소망합니다.

2021.06.04. 금. ᴘᴍ11:36 글을 쓰다.

맘껏
바다보고 싶은 날에

에필로그

124일, 매일 글쓰기의 기록을 마쳤다. 어느 지점을 정해놓고 쓴 게 아니라 해야 할 때 시작했고, 마쳐져야 할 때 마쳤다고 생각한다. 모든 것은 최적의 때가 있다. 시작한 시점도, 마친 시점도 모두 나에게 가장 좋은 때였다.

글쓰기 1일, 30일, 60일, 80일, 그리고 100일을 넘기기 시작했을 때 나 스스로 대견하고, 멋지다는 생각이 들었다. 글쓰기는 나를 알아가는 과정이며 또한 나를 사랑하는 법을 배우게 되는 과정이었다. 또한 글쓰기를 통해 진정으로 어렸던 나를, 여전히 웅크리고 있던 나를 토닥여주고 안아주었다.

글을 쓰는 순간들이, 주마등처럼 지나갈 줄 알았는데 그렇지도 않다. 그렇지만 글을 쓰는 내내 내 감정의 색들은 진했다는 것은 분명하다. 원없이 울고 웃었다. 덕분에 감사, 설렘, 기쁨, 행복, 사랑, 분노, 슬픔 등의 감정들은 더욱 깊어졌고 색깔은 더욱 선명해졌다. 글쓰기를 통해 나는 나와 한층 더 친해졌다.

내가 나와 더욱 친해지며 나를 사랑하는 것은 성장의 동력이 된다. 성장 욕구가 들끓던 순간에 내가 그 때까지 가지고 있던 낡은 습성을 버렸고, '성장'하는 문의 문고리를 부여잡았다. 그리고 벌컥 열어버렸다. 그 뿐이었다. 매일 글쓰기를 하기 위해 무언가를 준비할 시간도 없었지만, 그럴 필요도 없었다. 그저 시작하기만 하면 됐다. 다른 사람의 방법이 아닌, 나만의 방법을 직접 찾아가기로 했다. 흰 도화지에 그려지는 대로, 칠해지는 대로.

시작이 있었고, 다행히 이렇게 끝을 만났다. 혼자만의 힘으로는 절대적으로 힘들다. 나와의 약속을 지키기 위해 매일같이 올리는 글을 응원해 주시는 분들이 계셨고, 그 글들이 세상 밖으로 나올 수 있도록 용기를 주며 이끌어주신 분이 계신 덕분이다. 모든 게 감사이다.

끝은 곧 새로운 시작이다. 여백을 부끄럽게 여기거나 두려워하지 말고 나만의 색으로 칠하다 보면 나의 인생 페이지들이 모인 인생책은 더욱 풍성해 질 것이다. 이 책을 통해 새로운 시작의 문을 열게 된 필자를 비롯하여 가슴 속에 품고 있던 꿈이 몽글몽글 떠올라 설렘을 만난 독자 여러분을 진심으로 응원한다.